毒吐姫與星之石

【完全版】

紅玉いづき
IDUKI KOUGYOKU

輕文學
Light Literature

目錄

序幕

星之神殿

上天是全知全能的。太陽下山之後，黯淡的天空中浮現出許多微弱的星光。神的指頭讓發光的石頭置於深藍色的夜幕之中，這樣的一幅圖幾乎繪出了人們想知道的所有事物。

維恩這個小國依照占星圖與魔石的占卜之術，來決定國家方針，為了研判星象而建造出來的神殿，對維恩來說是聖地所在，同時也是執行祕密儀式的禁地。

在只允許特定的占卜師出入的神殿深處，有一個少女很突兀地出現在該處。

從她瘦小的身軀看來，可以知道她還堪稱稚嫩。然而，她的樣子看起來瘦得不健康，另外，穿的衣服破舊不堪，稱不上乾淨。她置身於昏暗的大廳中心，魔法陣的中央。她的雙手雙腳被粗繩綑綁，口中塞著口銜，呻吟的樣子與其說是人，簡直就像野獸一般。

未經梳洗，如荒地般散亂的黑色髮絲縫隙之間，只見眼睛銳利發光。顏色如同鮮血一般赤紅，閃爍著不吉利的光芒。

「這個少女，真的是……」一個披著黑色長上衣的占卜師喃喃說道。站在隔壁的另一個占卜師說道：

「雖然叫人難以置信……看看星石吧。」

橫躺的少女不自在地動了動身子，這時她掛在脖子上的石頭掉落在地板上，發出硬物相撞的聲響。篝火照耀之下該石頭有光滑的表面，顏色黯淡，其中浮現雜質，似乎散放出微弱的光芒。

占卜師在確認之後沉重地報告道：

「混濁的綠色散放著火紅……錯不了。不過，她的樣子看起來還真是可悲啊。」

就在下一瞬間，少女的口銜鬆開了。她用恢復自由的嘴大聲喊叫道：

「放開我！這些混帳瘋子們！」

她的聲音淒厲鮮明。稱不上美妙，慘烈的聲音在神殿高高的天花板之間迴響。

被她的話所震撼，占卜師們後退了半步。

少女滾落在地板上，仍然不停地喊叫。

「占卜到發瘋，一輩子處男的無能男人們，現在找上我到底有什麼事！」

想要娼婦就去花街柳巷——少女口吐狂言，用不堪入耳的語氣向占卜師叫喊。有些占卜師不愉快地扭曲了臉龐，有些則別開眼睛，有些塞住了耳朵。這些占卜師的動作都隱藏在黑色長上衣之中，然而忌憚厭惡少女的情緒仍消之不去。

「說話請自愛一些——公主。」

在懼怕少女的占卜師之中，有占卜師向少女的方向踏近一步。

他們的長上衣腰部一律垂掛著和少女佩帶的一樣，被磨得光亮的石頭。然而石頭的顏色、形狀、模樣則各有所異。

少女依舊將臉頰貼在地板上，此刻她抬起了臉，雖然搆不著卻向占卜師吐了口口水。

「公主？你說誰啊？」

她冷笑道。她的嘴唇因為飢餓和寒冷而破裂，滲出鮮紅的血。

「要說我是公主，那倒要請教一下。是誰像是把我丟在陰溝裡似的，在我還是嬰兒的時候就把我遺棄在陋巷裡？」

那並不在她的記憶範圍之內。她是不可能記得這些的。少女被遺棄，應該是在她開始有記憶以前更為久遠的事。然而，在陋巷裡生活的人們任誰都在耳語：「那傢伙是依著占卜結果，從神殿被丟棄在這裡。是受詛咒的公主啊。」

占卜師點了點頭，似乎在同意原本不過是嘲弄和戲弄的那些話。

「那時候實在是沒有辦法啊。一切都是——」

「因為星象和神的旨意？」

接著開口的少女「哈！」地一聲倒在地板上高聲笑道：

「這種國家，滅掉算了！」

公主以淒厲的聲音詛咒國家的滅亡，占卜師齊聲吐露了類似絕望的嘆息。

占卜師們的悲痛樣貌更是令少女不快。

「這種國家滅亡了算了！你們都是一群瘋子！遺棄了我，就不要再回頭來找我！我才要遺棄這種國家呢！」

對應她的占卜師靜靜地回答道：

「不可如此啊，公主。」

「我不叫這種名字！」

「艾爾莎·維恩提奴。」

少女突然被叫住名字，她停止了說話。眼看著她扭曲的臉龐，浮現出無可忍耐的憤怒和憎惡。

「……我是艾爾莎。」

少女終於得知，陋巷的人們呼叫的名字，的確是生下來時便被命名的名字。

在她長大的街坊中，即使有醉漢多次嘲笑她，說她是被神殿遺棄的公主，她也只認為是無聊愚蠢的話，不曾當真。

但是，占卜師們稱呼艾爾莎為公主。這麼說來，這些男人——捕捉艾爾莎，從陋巷擄走她的占卜師們，的的確確曾經將剛出生的她遺棄在陋巷裡。

「你們找上我……到底有什麼事？」

艾爾莎如同呻吟一般，向占卜師問道。

出生後立刻被遺棄，然而如今卻被帶來神殿裡。這怎麼想都不可能是好消息的前兆。

「守護我國的星和神，賜給妳新的天命。」

「又是占卜？」

艾爾莎以滿懷嘲弄諷刺的語氣輕笑。她嘲笑占卜師們，也嘲笑這整個國家。

維恩是一個小國，這個國家受到占卜的束縛。

「現在維恩出現了未曾有的凶兆。」

「那又怎樣？這個國家已經瘋掉了，什麼時候滅亡都不奇怪。像你們的腦袋一樣，早就腐爛了。」

艾爾莎早就看開了。為了占卜，而今如果要她為了這個國家犧牲生命，也沒什麼好訝異的。雖然她抱著如此自暴自棄的絕望態度，然而占卜師們接下來的話，實在是出乎她的意料之外。

「順從天意，為了拯救這個國家，我們要讓妳嫁到同盟國去。」

艾爾莎為了這句話茫然不知所措，她仰望著占卜師。

「出嫁……？」

彷彿在說異國的語言一般，艾爾莎覆誦著這句話。

占卜師似乎在肯定她的話，繼續說道：

「同盟國就是擁有聖騎士的列德亞克王國。要舉行與該國王位繼承人的婚禮，讓維恩和列德亞克的關係更為緊密。」

占卜師語調威嚴，向她說明了早已做出決定的事。

「雖然不知道將面臨的凶事和混亂是什麼，然而妳的婚禮，必然能幫助這個國家。」

占卜師說的話，完全沒有聽進艾爾莎的耳裡。

「……我，要我出嫁？嫁到哪裡？憑你們的命令？」

哈哈哈……她的嘴裡發出乾笑聲。地板上散亂的髮絲震動著，震動有如漣漪慢慢變強，不久高聲朗笑起來的艾爾莎突然失聲喊叫：

「別開玩笑了！」

她將被綑綁住的雙手捶向地板。

「什麼婚禮！什麼公主！你們以為我是誰啊！你們以為自己對我做了什麼事！我是什麼，公主是什麼，是你們的狗嗎！是這個國家的奴隸嗎！骯髒齷齪的占卜師們，如果要說占卜是絕對的，你們就把星之神帶到這裡來呀！我要殺了祂，奉星星和神的旨意！我現在就要立刻殺掉祂！」

雖然過著像乞丐一般的生活。

然而，卻不曾受過這樣的屈辱，她如此想著。

占卜師不理會謾罵的話語，說道：

「……為此，我們要讓妳過著公主一般的生活。」

「我首先就要殺掉你！」

這句話並不是威脅，真的充滿了殺意。然而，占卜師們連臉色都不曾稍微變一下。他們佇立著，陰惻惻地默不出聲，不回應艾爾莎的詛咒。也許他們認為手無縛雞之力的艾爾莎根本就不可能殺害占卜師。

艾爾莎僵硬地笑著說：

「你們要讓我過著公主的生活？再加上和王子的婚禮？是哦，那還真是幸福美好呀。」

為什麼出生在這樣的國家呢？艾爾莎在內心不停地問道。為什麼必須讓自己以外的某人，讓星之神決定如何生活呢？

莫非那就是自己出生的意義所在？是描繪於夜晚星空中，不可避免的命運？

「好啊，我什麼都肯幹。不管是婚禮也好，公主也罷——我會把一切毀得亂七八糟的。看著吧，我絕對不會原諒你們的。」

她睜開眼睛，口吐惡言的樣子，簡直就像是魔女，也像是一個老婆婆。對於她堆疊出的不吉話語，占卜師們聚在一起面面相覷，互相低聲耳語。

「果然還是太困難了……」

「照這個樣子來看，要她出嫁是有點困難。」

「沒辦法了。」

「是啊。」

然後，他們圍繞著艾爾莎，排出魔法陣。

「你們……做什麼……」

她實在是沒有反抗的力量，也沒有能力。她所能作為武器的，只有從她那沒有學識卻敏銳的腦袋中湧出來的，源源不絕的惡言惡語。

那麼，占卜師們低聲耳語。

「把公主的聲音——」

「奪走她的聲音。」

「只要奪走她的聲音，她也就無法口出惡言謾罵了。」

艾爾莎發覺到了。

出生後不久就遭遺棄的自己，從一開始就毫無任何尊嚴可言。

如火焰般的瞳孔搖曳。悄聲襲上的絕望感，使她的肩頭開始顫抖。

她在魔法陣的中心被縛住，落入占卜師的掌控。取代悲鳴，她不停狂喊著詛咒的話語。

「我要詛咒你們。我要詛咒，我要詛咒，我要詛咒！我要以整個靈魂詛咒你們！以我毒吐姬的名詛咒你們！星星啊，殞落吧！光啊，消失吧！生命，滅絕吧！瘋狂於占卜的這個國家，讓它被業火焚燒，徹底成為活生生的地獄吧！」

直到被奪去聲音之前的最後一瞬間，艾爾莎口中仍是充滿了絕望和憎惡。

作為一個公主，她理當被包覆在絹布中出生；她卻從來不曾被這個國家所鍾愛過，也絕對不曾愛過這個國家。

她自出生以來的同時便詛咒國家，詛咒世界，人們稱呼她為——

占卜之國維恩的毒吐姬。

第一章 棄兒艾爾莎

維恩這個國家，在包圍著富裕階級所居住的地區外，散布著貧窮人家居住的地區。艾爾莎成長的街道在這之中格外貧窮，與其稱做是陋巷，還更呈現出貧民窟的風貌。艾爾莎奔馳在昏暗的街道上。踏在陸地上的腳赤裸，咬緊的牙齦之間吐露著喘息聲。

她飛越滲出汙水、散亂在街道上的木箱，飛越過不知是睡著了或是死亡的野狗，毫不躊躇地驅動著單薄的胸部和細瘦的肩膀，輕快地奔馳。她一頭黑髮毫不顧忌未加整理地生長著，髮梢散亂各自翹起。唯有她的瞳孔，不論何時都不改其強烈，顯得赤紅。

艾爾莎向自己的家奔馳著。在陋巷之中多的是住在街頭的人們，但是她有可以居住的家。這是名義上養育艾爾莎的親人，唯一遺留下來有如屍骸般的家。她暫且回到這個家一趟，速度不曾減緩，在她奔馳的時候——

「艾爾莎。」

街道上伸過一隻手來，抓住了她的肩頭。艾爾莎反射性地扭過身喊叫：

「別這樣！放開我！」

「妳會有緊急的要事？還真出乎意料之外呢。」

壓住艾爾莎肩頭的巨大手掌毫不動搖。聽在耳裡的低沉嗓音是聽慣了的聲音，艾爾莎因此深深地吸入了一口氣，閃爍著燃燒般的火紅色瞳孔瞪他。

「和你沒關係吧，約瑟夫！」

即使被叫出名字，被拒絕，男人仍然毫不動搖。男人吐氣後，皺起精悍的眉毛。阻止艾爾莎前進的，是在這條街上格外知名的男人。在這條淨是些缺德與怠惰的人們的街上，他是少數幾個會對艾爾莎展現關照之意，喜歡管閒事的人之一。

約瑟夫擔任酒館保鑣的工作，比艾爾莎大上十多歲，是個鍛鍊過體格的男人。

他高大的身軀穿著立領外套，剃了短短的棕色頭髮，瞳孔和頭髮顏色相同。和身軀以及工作完全相反，眼睛如同少年般閃爍著。他詫異地瞇起平常溫和而快樂的眼睛，低頭望著艾爾莎說道：

「妳手中拿著什麼？拿出來吧。」

「！」

對於他威脅的話語，艾爾莎顯得非常不愉快，她皺起眉頭將拿著的皮袋迅雷不及掩耳地抓向自己單薄的胸前。像是要隱藏起來似的，她交叉著雙臂吐了口唾沫。

「我什麼都沒拿呀！」

約瑟夫毫不躊躇地繼續抓住她的肩膀，想要奪走她手中的皮袋。艾爾莎掛在脖子上混濁的綠色石頭，暴露在外面的空氣之中。

「喂，住手呀！你這個變態！居然墮落為強姦魔了！我要告訴梅莎麗！」

「小鬼就一張嘴巴厲害。就算是小雞也比妳有女人味得多了。」

艾爾莎握緊拳頭抵抗，約瑟夫卻有如面對小蟲般毫不在乎，在眼前高舉皮袋說道：

「偷來的？」

艾爾莎搶回皮袋叫道：

「還我啦！小偷！」

艾爾莎強奪般地搶走皮袋。雖然東西從約瑟夫手裡消失，他訝異的表情卻絲毫不曾改變。

「妳說要我還妳？那不是妳的東西吧。」

「那是我的！」

艾爾莎哼地抬起了下顎，用傲慢的語氣說：

「我撿起掉落在街上的東西，讓它成為我的有什麼不對？我做的事就和撿垃圾沒什麼兩樣啊！你要一竿子打翻一船人去斥責這種人的話，我倒是願意洗耳恭聽！你這好管閒事的約瑟夫！」

「這和那不一樣。」

「沒什麼不一樣！」

氣勢洶洶立住不動的艾爾莎嘴巴不停地說著：

「裹在被丟棄在垃圾場的破毛毯裡，空有人的軀殼罷了！不醒人事的醉漢，是比老山羊還沒用的廢物。乾脆也告訴梅莎麗吧，這種男人的酒錢，讓他脫得精光來還！」

約瑟夫聽著艾爾莎的話，似乎屈服於她的話似地嘆了一口氣。

「妳真是……」

「我要做什麼，都不關你約瑟夫的事。你要說教，就請向那裡的柱子說教吧！」

艾爾莎翻開掌心朝著約瑟夫揮了揮，就打算離開，約瑟夫卻再度用力抓住艾爾莎的肩膀。

「等等！那我倒要說說和妳我都有關的話。艾爾莎，妳又翹了洛基店裡的班了吧。多虧我介紹那份工作給妳啊。」

艾爾莎拍掉約瑟夫巨大的手掌。

「我才不要！我絕不要被洛基壓榨使喚！做那麼難吃的菜還向人家收錢，根本就該遭到天譴！」

之前艾爾莎翹掉的工作，是約瑟夫拜託人家幫她找到的。就連約瑟夫也扭曲了臉，粗聲粗氣地說：

「光是練就了一張厲害的嘴。妳是生來只帶了一張嘴吧？妳要說得冠冕堂皇，就等妳有能力工作養活自己再說吧！」

「是是，又是約瑟夫那套說教！」

艾爾莎不掩輕蔑的神色，不屑地說。

他總是這樣。艾爾莎認為他斥責的話與其說是施恩，更是過度的好管閒事。艾爾莎很明白約瑟夫說的話是出自於對自己的關心。她滿懷類似虛張聲勢的想法，想著自己不再是只知接受的孩子，挺起了胸膛。

「以毒吐之名口吐惡毒言語活下去，有什麼不對！」

約瑟夫深深地嘆了一口氣，用雙手拂了拂自己的髮絲。這個男人動作粗野，偶爾卻會讓人感受到異樣的氛圍。

「像妳這種小鬼，一個人又能做得出什麼事來！」

聽到約瑟夫壓低聲音說出的話，艾爾莎嘲弄般「哈」地笑了出來。這聲嘲笑是對著約瑟夫，也是對著自己笑的。

「我什麼事都肯幹！」

她嘲笑著，嘴裡淨是不停地吐出話語。

「我啊。」

這個世界隨她說出口的話旋轉，約瑟夫的臉龐扭曲了起來，如同滴入水裡的墨水。

「只要還有聲音能夠說話——」

一切的一切就此中斷了。

（不管是什麼事，我都幹——只要還有聲音⋯⋯。）

艾爾莎的嘴唇觸到冰冷的石頭地板，這樣的觸感讓她醒了過來。冰冷石頭地板的味道，讓艾爾莎感到絕望。

而艾爾莎很清楚地知道她絕望的理由。

絕不是因為身在牢房裡，夢到還自由時的夢所致。也不是因為詛咒至今為止活過來的日子，不是因為詛咒了相遇的人們，更不是因為自己遭到囚犯般的待遇，躺在冰冷地板上的緣故。

而是因為無意識之中，隨著夢境被牽引到過去，讓她動嘴的緣故。

（我的聲音。）

她還想張嘴說些什麼。她伏在地板上，嘴唇吐露出的，是喘息的聲音。

狹窄的牢中也有床鋪，但是艾爾莎橫躺在冰冷的石頭地板上。

她舔著石頭地板，暗自飲泣。即使絕望化為眼淚，也得不到任何發洩，更沒有任何益處。

黯淡的視野中，有道混濁的綠光。艾爾莎以痙攣般的動作向著綠光移動了手指。掉落在眼前的，是艾爾莎胸前垂掛的星之石。

在維恩，只要有嬰兒誕生，就會照著嬰兒出生的星象位置賦予星之石。不管是貴族或者是貧民，每個人都會有那麼一顆伴隨一生的石頭。顏色和形狀各有所異，艾爾莎的石頭光滑而表面呈混濁的綠色，其中散放著紅色。

據說在艾爾莎出生時，占卜師們從空中排列的星象位置，解讀出她的誕生是凶兆。

也就是說，他們解讀出「她將成為詛咒這個國家的公主，口吐惡毒話語」。

即使是這樣遺棄於市井的忌諱之子，抑或是流產的孩子，也都會被賦予星之石。這是這個國家的風俗。

這到底稱得上或稱不上是幸福，艾爾莎自己也不明白。她用顫抖的指尖撫摸石頭。

然而，不具備特別能力的這塊石頭，並不會為她帶來什麼。

在維恩的城中，雖然身處牢獄，艾爾莎的手腳是自由的。她的嘴也是自由的，不受束縛。占卜師從她身體奪走的自由，唯有她鮮明的聲音罷了。

唯有她豐富多變的聲音，彷彿被線綑綁一般，拒絕顯現。

為了讓少女嫁到異國，神殿的占卜師們採取的策略粗暴而卑劣，不把人當人看。

毒吐姬不斷吐出惡毒言語，他們就將聲音和語言，藉由魔法從她身上奪走。

傳來了衣服下襬和皮鞋，與地板摩擦的聲響。以及她所厭惡的氣息和聲音。

「公主。」

少女反射性地瞪了一眼。如果說身體能照著意志動作，她倒是不想有任何反應。雖然她想成為沒有意志的娃娃，或者是死屍，然而心中的厭惡感和拒絕，壓抑不住泉湧而上。

「您又這個樣子……」

鄭重的口吻並非來自於尊敬，對他們來說這只不過是公事公辦，只令人感受到是義務感使然。

艾爾莎恨不得能摀住耳朵。這時有句話傳入她耳裡。

「——簡直就像個罪人一樣啊。」

彷彿是要故意確認再明白不過的事，那是個從未聽過的聲音。

「不能再鄭重一些嗎？」

他們深沉、緩慢、裝出了不起的樣子認真說話的聲音和言語，艾爾莎暗自在心中笑著。她在嘲笑他們。

鄭重？她心想，到底是什麼樣的人，能對占卜師們說這些話。

「可是，宰相大人——」艾爾莎聽到其中一個占卜師低聲抗議一般的耳語，她的耳朵微微地震動了一下。

（宰相……）

這個國家的，這個城的，腐敗的、執掌政務的……

艾爾莎在朦朧的意識中動了動眼珠。她原本想看看開口說話的男人臉龐，然而在昏暗的牢裡，只依稀看得見男人模糊的身影。

接著，從身影背後傳來女人嬌豔而諂媚的聲音：

「是啊，她可是維恩重要的公主殿下呢。會有什麼樣的不幸事件降臨在維恩，我是不得而知……」

含笑的聲音繼續說道：

「──畢竟是左右這個國家命運的人啊。」

艾爾莎咬緊牙根，她的口中滿是砂子的味道。

任憑對手是誰，其實對艾爾莎來說根本就無所謂，這種事情她是無從得知的。只是，艾爾莎認為這個女人在嘲笑她。艾爾莎憑本能就理解到，她用了重要的嘴，擠出笑容。這是出自於作為一個人的本能，一個女人的本能。

儘管感情早已經麻痺，但光是聽到同性的嘲笑，胸膛燃起的激情火焰便如此劇烈，艾爾莎自己也感到很訝異。

明明只要有聲音，只要能說話，即使身在牢裡也不會任人擺布了。

然而被稱呼為宰相的男人，以及接著他說話的女人，在艾爾莎離開牢籠之前，便發出腳步聲從牢房離開。

他們甚至對左右國家命運的重要公主，沒有一句關心的話。

她就像被拖出來一般，從牢裡被放了出來。

簡直就像罪人一樣，男人說。她甚至想著，如果只是罪人那該有多好。

在牢外，艾爾莎被教導如何以公主的身分生活。從用餐、服裝、走路的儀態，到舞蹈的步伐，這一切都是艾爾莎活到今天從來不曾接觸過的。可是，說不定我本來就該擁有這些的啊，艾爾莎在腦海裡的某處想道。

說不定，如果有什麼稍微不同之處的話——

「聽好，您要以一個公主的身分生活，絕對不能讓這個國家蒙羞。」

占卜師們的教訓讓艾爾莎作嘔，她感到很不舒服。他們的話語和艾爾莎所知道的，陋巷中約瑟夫的話語完全不同，她感到耳朵和頭裡有蟲蟻爬過一般。艾爾莎任憑想像飛馳，想要讓內心放空。

她夢想著不可能發生的過去和未來——例如說，如果自己不是以毒吐姬之名出生；或者呱呱落地時，只要星象位置稍微有所不同……即使是在空想，她也無法去想像過著幸福的生活。

艾爾莎最久遠的記憶，是人的死亡。

據說艾爾莎出生不久便被遺棄，抱養她這個女嬰的是陋巷中的老人。至於該老人和皇室以及神殿有什麼樣的關係，我們無從得知。身為養育她的親人，他並沒能賦予艾爾莎什麼。

在破舊的屋子裡，到底艾爾莎是如何被養育的？如何從嬰兒長大成少女？只知道她有記憶以來，老人已經不再看艾爾莎的臉了。

老人說出口的話之中，當時還年幼的艾爾莎所記得的，唯有這麼一句話：

『——別說話。』

雖然不清楚老人是懼怕毒吐姬的存在，或者只是厭惡艾爾莎罷了。她被強迫要求閉嘴，如果不服從就被老人用拐杖毆打。

艾爾莎緊握自己的石頭，忍住了被毆打的疼痛。

回想起來，那是極為悲慘的生活，但是這樣的生活維持得並不長久。從遇見的時候便散發出死亡氣味的老人，不曾給予或教導艾爾莎什麼，在艾爾莎七歲的時候死了。

然後，艾爾莎成了名副其實的棄兒。

她的日子從此就只為了求生存而活，日復一日真的只求活過這一天。她乞討，當扒手，也偷盜。如果要說她稍有什麼蒙受恩惠的，那只能說老人遺留了遮風避雨的住家給她。

諷刺的是，因為她擁有受人輕視的稱呼，她得以自覺到這些空虛的日子，的確是自己的生活。

『妳就是毒吐姬呀？』

有些人說著，好奇地施捨她食物。

在這個國家，占卜就是一切。愈是上流社會的人們，愈重視占卜。被稱呼做貴族的人們，每個人都有專屬的占卜師，向神殿捐獻的金額造就了他們的地位。長久以來持續的這些行為以及恩典，對於貧民來說遙不可及。然而左右國家命運的占卜，聯繫起人與人之間的關係，又在瞬間消失蹤影。艾爾莎的存在也許就是如此傳開的。

艾爾莎起初也不知道這意味著什麼。然而，她發現只要學大人一樣口吐惡言，就能在酒館裡大受歡迎。雖然也有人對被占卜師遺棄的她感到恐懼，但是她就像是雜耍團的怪胎一樣，人們把艾爾莎捧上了天。

艾爾莎憑著驚人的聰慧，發現自己的話語是有力量的，只要使用語言，她就能在大人之間闖蕩。

她生來就有「毒吐姬」的名號，她選擇口吐惡言。除此之外，她找不到生存下去的辦法。

實際上，艾爾莎從不缺惡毒的話語。

『要我學娼婦？』

艾爾莎在酒館一角踱起步伐，挺起細瘦的身體，還年幼的她說道：

『你這個下流卑賤的東西！自以為只要亮出金錢、踐踏孩子，要他們吸吮你那站不起的東西，就能拾回你些許的男性雄風自尊？別開玩笑了！我看你不如吸著媽媽的奶作夢還比較適合！這樣一來你的母親也會有生下廢物的自覺！說我是爛貨？那麼你搞上爛貨就能成為勇者嗎？笑死人了！搞上爛貨的只不過是變態唷。快快丟下你骯髒的錢滾蛋吧！』

追求聽她口吐惡言的人們，會被她惡毒的言語給取悅。當然，也偶爾會有冒犯到客人的時候。不只一、兩次，她遭到毆打差點丟了性命。

『妳還真能說，接二連三地說個不停。「毒吐姬」的名號也不是虛有其名啊。』

她記得有人驚訝地這麼說，止住了想要痛毆艾爾莎的大人。當時這麼說的就是保鑣約瑟夫。

「毒吐姬」的名號，絕不是虛有其名。

這句話令人生氣，令人不愉快，卻也稍微，令她有些自豪。

她原本心想，就遵循著那句話活下去。就用這個方法活下去。

這樣的日子突然被打碎了。幾天前的傍晚，有數名占卜師敲打艾爾莎幾近崩毀的家門。艾爾莎感到訝異而皺起眉頭，她還沒有開口，占卜師便向艾爾莎脖子上垂掛的石頭伸出了手。

除了聲音和話語，還有名字之外一無所有的艾爾莎，她唯一擁有的，就只有那顆混濁綠色與紅色的石頭。

占卜師們不將艾爾莎的抵抗當作是一回事，便摸上石頭，並開口說道。她想，當時她出生，一定也是被用這樣的口吻宣告的。

『錯不了。』

如今，艾爾莎像是囚犯一般，遭到如同家畜般的待遇。

她身上唯獨擁有的那顆石頭明示，她的人生不過如此。連站立也不是出自自己的意志，而是被浮現皺紋的手硬是拖拽著。

（別碰我！）

她很想揍他。想要抬起下顎，想要吐他口水，想要用拳頭捶他。如果搆不到任何人，她還想乾脆把自己弄傷。

然而她內心之中的激情，本質上說來還是會先化為語言說出口。伴隨著口水、拳頭、睥睨的同時，或在更早的階段，每當惡毒言語就要從口中罵出來時，她被如同雷劈般的絕望感所襲。

無論是什麼樣的疼痛、苦楚，什麼樣的恥辱，都不曾讓艾爾莎如此受到折磨。

（發不出、聲音。）

我除了聲音，其他一無所有啊。

只要她想要開口說什麼，就會痛感於她的出生毫無意義，她的存在毫無價值。

「到這裡來吧。淨身整裝吧。」

她有如被拖著走在長長的走廊上。如果是平常的日子，就只是被帶走罷了，然而這天卻有所不同。

她面前的巨大走廊中，響起規律的腳步聲響。隨著聲響，走在前方的占卜師們停住了腳步。

「……請在這裡稍候。」

很少聽他們這樣壓低聲音，艾爾莎微微抬起頭。她那無精打采的眼睛眺望著廣大的走廊，只見有幾個黑影橫過面前。

這個男人帶了好幾名護衛，艾爾莎只在瞬間瞥見他的側臉；不過，她的的確確捕捉到他的背影，艾爾莎驚訝得屏氣凝神。她是見過他的，雖然不是直接看到他本人，而是裝飾在城裡的肖像畫。每當她看到肖像畫，不知道向肖像畫吐過多少口水，並且想出了多少的惡毒言語。

這個城的城主，也就是這個國家的國王，現在正走過她的眼前。

艾爾莎突然起了雞皮疙瘩，心情激動難以平復。

「——嗚！」

周圍的人很快地便看出來她想要飛奔出去。艾爾莎雙肩被緊緊抓住，手腕扭在一起，被壓了下來。

然而她還是想喊叫，從腹部用力大聲喊叫，對著穿著國王裝束的背影喊叫。

艾爾莎也不明白自己到底想要說什麼，然而，她嘗試著嘶吼。

如果要說她是公主，是這個國家的公主，那麼那個男人——身為國王的男人——就是自己的父親啊。

她從來沒有在乎過他。除了嘲笑，對他從來沒有其他的感情，也從來不曾希望他為她做過什麼。事到如今，對，這一切的一切，事到如今又能怎麼樣呢？

她不希冀他能夠愛她，也不會要他還給她生來就該享有的溫飽。因為，那些原本就不屬於她。

她也無意追問他，到底她的母親是誰？這些事情真的都已經無關緊要。

艾爾莎只想詛咒。被這般囚禁，想要以所有的激情、心中的惡毒，詛咒國王。

為什麼？為什麼生下了她？然後在她放棄一切之後，事到如今還……

然而國王並沒有回過頭來。他不曾回過頭來，絲毫沒有注意到被囚的艾爾莎。

她是受詛咒的公主，毒吐姬；同時，是棄兒艾爾莎。人們再怎麼藐視她，厭惡她，她都毫無怨言。

她原本想要詛咒他，以她遭受的厭惡、以絕望之深同等的憎惡，詛咒他。

（沒辦法傳過去。）

艾爾莎心想。同時被老邁的手壓得緊緊的。

（什麼都、傳不過去。）

她已經放棄去思考，如果她能發出聲音，如果她能吐露出話語……

然後，她被命令走在渺無人煙的走道上。

她被抓住手腕，拖著腳步，一步又一步地走著。

如同絲棉般的絕望讓她發狂。有人用冷水清洗，並且用精緻的梳子梳理她的頭髮，用藥塗在她的肌膚上，打磨了她的指甲。她原本毫不在意地赤腳奔跑，而今她的腳後跟變得柔軟而細嫩。

艾爾莎緩緩睜開眼睛，看著鏡子中的自己。在棄兒的身影消失之際，她終於體會到些許的愛憐。

（艾爾莎……）

她是在陋巷嘲笑，口吐惡毒言語的小小棄兒。

（我對妳——）

她的出生絕對不是幸福的。她是一個滿身泥濘，骯髒而可厭的女孩。然而，然而啊……

（其實也並非那麼厭惡啊。）

她好不容易發覺到這一點。然而，她想到自己再也見不到「她」了，便緩緩閉上眼睛。

第二章 言無姬的出嫁

花朵的香味聞起來像是腐臭。

沒有雲朵的晴空中還透著微寒，吹來一陣含有暖意的風，散發著陌生的綠意氣息。彷彿要撥開這陣風似的，敞篷馬車在列德亞克的街道前進。

列德亞克的人民從窗戶露出充滿期待與好奇的臉龐，不斷向馬車撒落手中的花瓣。

這是他們的國家，他們的城邦。他們正在歡迎他們新時代的新娘，即將要嫁給居住在該地的王子，那位新時代的新娘。

好美的新娘，眺望新娘馬車的婦人說道。

閃亮的黑髮，神祕的紅色瞳孔。你有看過嗎？紅色的瞳孔耶！

新娘還很年輕。大街小巷的群眾耳語說，王子也還年輕，兩人真是天作之合。

新娘雖然沒有聽見這些聲音，但是她從瀰漫的氛圍，知道了他們的想法。

（我簡直、就像個展覽品。）

艾爾莎坐在新娘馬車之中，避開了人們的眼神，她低下頭眼睛直直盯著街道的地面。這裡不像維恩，完全看不到死在路旁的野狗和乞丐。

（真富裕的國家。）

也許正是因為如此，人們才能以如此和平的樣貌，毫不懷疑地迎接異國的公主吧。甚至能夠讚美艾爾莎。

（美麗？是說我嗎？）

她在如同籠子一般的馬車裡看了看自己。是喔，是很美吧，她在心中輕輕自言自語。彷彿是在說不相干的別人，滿懷輕蔑地說著。

她暗自嘲笑這個國家的人民一無所知，被蒙在鼓裡。

雪白的手腕，嫩滑的手背，嬌柔的指關節，還有那沒有任何歪曲、磨得光滑的指甲。坐在馬車中的她，毫無可悲乞丐的身影；美麗的裝扮，包著肌膚的禮服，確實符合一國的公主。然而真正的她，到底是禽獸還是詛咒？總之都不是人啊，艾爾莎心想。

在牢裡的日子，艾爾莎甚至不得像小鳥兒般啼囀。

像乞丐一般成長，最後來到的卻是這般世界。

（我的出生就是一項錯誤。）

她被自己憎恨的母國驅逐出境，從今天開始，又要開始度過嶄新的痛苦日子。艾爾莎都已經坐在馬車上了，還無法真切感受到自己即將成為新娘。

不久，新娘馬車抵達城堡，穿過城門。

艾爾莎緊緊閉上嘴唇，眼神迷惘地瞪著城堡。她紅色的瞳孔黯淡混濁，沒有一點光芒。

城裡的人們陸續出現，歡迎她的到來，讓她接受盛大的款待。口口聲聲慰勞她長途跋涉，低下頭迎接她。

維恩的使者們將艾爾莎從新娘馬車上接了下來。由於長時間一直坐在搖晃的馬車裡，艾爾莎的膝蓋顫抖。

挽起她雙臂的母國人們，他們的手強勁有力，卻不帶任何尊敬與愛意。艾爾莎心想，簡直就像是羈押犯人一樣啊。

「我們的公主，維恩提奴。」

維恩的占卜師們說道。我國的公主，維恩提奴。艾爾莎心想，這種稱呼她還是第一次聽到。

「如同之前向各位報告的，因為某項不幸緣故，公主失去了聲音。」

某項不幸緣故。

（不幸！）

這些人好意思這樣說啊，她差一點笑了出來。然而，她發覺沒有必要忍住笑聲。

因為她連笑聲都被奪走了。

她想一笑置之，然而她的臉頰神經緊繃，動也不動。失去聲音與語言的公主，除了不祥之外一無是處，但城裡的人們卻以無比疼惜的眼光看著艾爾莎。

他們的疼惜，並不是因為他們與生俱來的善良。列德亞克王國的人們，對於詛咒習以為常。

因為，這個城邦之中也有被詛咒的人。

占卜師繼續厚顏無恥地打招呼。

「因此之故，相信會給各位帶來許許多多的麻煩，但是……」

「要侍奉成為王妃的人，你們不認為即使麻煩也令人喜悅嗎？」

突然間，一道活潑有力的聲音插入了對話。

男人以輕快的腳步在城裡的人們空出來的道路上前進，他的模樣吸引住艾爾莎的目光。

那是一位美男子。金色的頭髮和藍色的瞳孔，搭配起來顯得清新俊俏。精幹的臉龐，有著歲月累積起來的沉穩，卻也散發出年輕的活力。

他毫不遲疑地走向艾爾莎的身邊，以畢恭畢敬的動作持起她的手。

「能見到您是我的光榮。維恩的公主……歡迎您來到這個國家。」

他親吻她的手背，表示尊敬之意。

男人對著一臉茫然的艾爾莎笑了笑，說道：

「我的名字是安．多克．馬克巴雷恩。」

維恩的使者和占卜師們，為他所說的話發出感嘆的聲音。

「哦哦……您是列德亞克的聖騎士啊……！」

艾爾莎也發覺到了。

（他就是——）

維恩這個國家望眼欲穿都想要得到的力量，聖劍的騎士。

這個被稱做列德亞克的國家，從以前便是維恩的同盟國，自古便將神聖的劍視為至高無上的寶物。

聖劍會自己選擇主人，這把劍所選擇的人便是聖騎士，他必須度過戰鬥的一生。這個國家有很長一段時間沒有聖騎士，因而長久荒廢，經過百年終於出現這位活生生的英雄人物。

一想到這個男人就是聖騎士的剎那，她便覺得對方的手掌烏黑可憎，等她回過神來，她發現自己已粗暴地將他的手拂開。

「艾爾莎公主殿下！」

占卜師臉色大變，驚呼出聲。

（噁心。）

光是碰到他的手，就想要嘔吐。

彷彿要隱藏扭曲了臉龐的艾爾莎，占卜師站在她的面前。

雖然艾爾莎被占卜師的後背擋住了而沒能看見，但是被揮開手的聖騎士，似乎溫和地笑了。

「看來公主很緊張。也是因為長途跋涉累了吧，城裡就明天以後再介紹吧。」

聖騎士適時的話，讓占卜師們彷彿找到一條生路般，臉色都明亮了起來。

「送公主到寢室吧。維恩的各位，大臣們正在等候。」

艾爾莎接受了聖騎士的指示，由女侍們帶領，一個人走向城堡之內。長長的禮服裙罷厚重，再怎麼習慣也彷彿被銬上了腳銬一般。女侍們畢恭畢敬，但似乎不知道應該如何對待失去說話能力的艾爾莎，態度戰戰兢兢、小心翼翼。

艾爾莎被帶到寢室，她訝異於房間是如此地豪華。

（這房間到底值多少錢呢？）

接觸到的、聞得到的，一切都是那麼不同。即使人家告訴她，這裡就是妳的房間，她也只是呆呆地佇立著不發一語。

（賣掉這間房間裡的東西，到底能吃上幾天呢？）

艾爾莎知道，能夠填飽肚子的幸福感，足以匹敵擁有幾十張毛毯。雖然這是城堡主人絕對不可能知道的事情。

（在這樣的房間……）

是要以公主的名義，以王妃的名義，成為任人擺布的洋娃娃，或者是娼婦呢？

在令人茫然的絕望之中，門扉打開了，從走廊的那一端傳來說話聲。混在幾個女侍們的聲音裡，她聽到有聲音說——

「有什麼關係，只是看一下嘛。」

傳來的是像少年一般柔和的，男性的聲音。

人——

「她不是我的新娘嗎？」

這句話，令艾爾莎開始顫抖。不是畏懼，而是厭惡使然。這個國家的王子，這個人——

「打擾了。」

這個人毫不猶豫地踏入艾爾莎的寢室裡，揮開斗篷，直接走向艾爾莎身邊。

（好矮小。）

如果被扣以不敬的罪名，被斬首也不奇怪；然而，艾爾莎看到王子後首先想到的，就是這句話。如果她還擁有過去鮮明的聲音，一定會即刻脫口而出吧。

雖說王子矮小，也不過是比艾爾莎矮了一些罷了。只不過，艾爾莎無來由地認為對方會比自己高壯挺拔，因此出乎她的意料之外。

王子的頭髮接近灰色，是淡淡的銀色。

身材纖細，他那小小的頭顱望向自己，大大的眼睛是混濁的綠色。這樣的顏色奪走了艾爾莎的心，她在無意識之中伸手向自己的胸前。用手握住自己的星石。

王子淡淡的瞳孔注視著艾爾莎說道：

「妳好，初次見面。我是庫羅狄亞斯。庫羅狄亞斯．韋恩．尤德塔．列德亞克——

是即將成為這個國家國王的人。」

國王，他這麼說。他的手腳纖細，令人不敢相信他必須背負著這麼重的職責。

他身上的衣物都是以格外高級的素材所縫製的，不過令人意外的是，他一身輕便服裝。短袖襯衫和靴子，讓他的手肘和膝蓋暴露在外。

（這就是……）

艾爾莎的瞳孔顫抖，看了看他的手腳。有斑紋且令人毛骨悚然的肌膚顏色，複雜的斑紋彩繪著他的肌膚，手肘上、膝蓋上都鮮明地雕琢著斑紋。他佇立在那裡，毫不隱藏他不祥的手腳。

（異形的王子。）

列德亞克受詛咒的王子，因為他的四肢如此而得其名。的確，他的身姿令人生厭。

然而……

（真是令人掃興。）

只是普通的人類啊，艾爾莎心想。

這個國家有各種自古以來世代相傳的傳統。傳統延綿不絕，至今依舊存在。

聖劍，擁抱聖劍的騎士與巫女，與魔物之森如此接近——唯一能繼承王位的王子卻擁有異形的四肢。

然而，艾爾莎感到厭煩。國王又怎樣，異形又怎樣。

（也只不過是王族的少爺罷了。）

艾爾莎在心中斷定，他也不過就是個會戴著皇冠擺高姿態，眼裡只有氣質那種玩意兒，令人作嘔的一個王族成員。

（反正，他們根本不注重國民的性命。）

艾爾莎心想，他們根本草菅人命，即使不是這樣的手腳，王族的人根本全部都是異形。

「……艾爾莎？」

庫羅狄亞斯呼喚著她的名字。他文靜溫和的聲音，卻有如黑色墨水在艾爾莎的胸中擴散開來。

庫羅狄亞斯似乎擅自理解了艾爾莎保持沉默的意思。

「哦，對了，妳是言無姬。如果有冒犯之處還請見諒。我曾經聽說過，卻不小心忘了。」

（言無姬？）

艾爾莎花了好些時間，才發覺到那是在說她自己。艾爾莎等人知道列德亞克的聖騎士或異形王子的事，那麼這個國家的王子聽說過艾爾莎的異常變化，如此稱呼自己也並不奇怪。

她幾乎可以想見迂腐的詩人們歌頌的樣子：歌頌出嫁的維恩公主因為某項不幸因素，失去了聲音和話語，令人生憐的言無姬。

（要讓你失望了。）

艾爾莎在心底暗自嘲笑。

（我的綽號才不是言無姬。）

還有其他更確切地形容她的綽號，但那已經不可能再用在她的身上了吧。

因為，自己已經失去了唯一擁有的武器啊。

「艾爾莎．維恩提奴。我雖然沒什麼力量，但是我想助妳一臂之力。」

庫羅狄亞斯說著，持起了艾爾莎的手。她理解到他要如同那聖騎士一般親吻她的手背表示敬愛，不禁起了雞皮疙瘩。

「！」

指尖所碰觸的地方如同電流流過，艾爾莎感到非理性的抗拒，慌亂地拂開他的手。

庫羅狄亞斯的眼睛驚訝地睜開，顯露出和艾爾莎的星石同樣顏色的眼珠。艾爾莎也為自己的反應嚇了一跳。

（剛才的是——）

——到底是什麼？

和之前聖騎士要親吻她的手背時所感覺到的不同，確實清晰地感受到「有什麼」存在。

艾爾莎為毛骨悚然和不得而解的感受僵硬，面對緊繃著神經的她，庫羅狄亞斯將有著奇怪花紋的手舉在半空中，靜靜地垂眉說：

「妳害怕嗎？」

對王子溫柔的問話，不成句子的話語有如從斜坡滾落般，在艾爾莎的體內流轉。

（你是笨蛋嗎？）

艾爾莎在心中如此罵道。如果她有聲音，她一定喊叫出聲音了。

什麼叫做「妳害怕嗎？」我可不是容易受傷害的清純少女！

（我只是不願意被碰觸！）

我才不怕你。

我只是不想被你碰觸罷了。

多想對他這麼說，多想痛罵一頓。說不出的氣憤塞住了胸口，咬緊牙關，眼淚便湧了出來，白皙的臉龐為痛苦所扭曲。握著星石的手用盡全力。

（為什麼，我——）

她原本就一無所有，什麼都不帶地來到這世上。

（連聲音都失去了啊……）

面對低著頭滿懷悔恨的艾爾莎，庫羅狄亞斯看著她，不禁驚惶失措。

「那個……」

然後，他的聲音因無計可施而顯得困惑，呼喊著她的名字「艾爾莎」。他的眼中浮現出同情的神色，他似乎拚命想為乘坐馬車嫁到異國的艾爾莎著想。

而且，他是受到詛咒的王子。如果在別國，出生後便慘遭遺棄殺害也沒什麼好稀奇的。或者，也許我們很相似吧——艾爾莎的心裡有一瞬間閃過了這樣的想法。

庫羅狄亞斯浮現紋路的手微微顫抖著，像是不想攪動空氣般地屏氣凝神，顯現出非比尋常的覺悟。他再度伸出了手，碰觸艾爾莎的臉頰。

「……」

如果再度被拒絕，他下定決心絕對不再碰觸艾爾莎。

比起王子悲壯的決心，艾爾莎內心澎湃洶湧。她感受到異形王子的疼惜，也浮現出些微的同類意識；也因為如此心中湧現的不是疼惜，而是憤怒。

絕不原諒。

她消沉的內心再度燃起火苗，她從不知道庫羅狄亞斯的手碰觸臉頰的瞬間，那種流過的麻痺觸感。她不了解感受到的抵抗到底源自什麼，到底發生了什麼事。只是，她內心激動不已，彷彿要甩開這一切。

她翻過纖細的手腕，拍掉異形王子的手。

「別碰呀！你這營養不良的豆芽菜王子！」

她不經思索喊出口，時間為之停止。

比起低俗惡毒的言語、拒絕的動作，庫羅狄亞斯驚訝不已，艾爾莎更是感到詫異。

「咦……」

「什麼？」

艾爾莎的喉嚨頓時發出狂叫的高音，然而，連這也錯不了。

艾爾莎用手抵住自己的喉嚨，一邊震動著聲帶，發出圓潤的聲音：

「恢復了……恢復了！我的聲音！我的……」

那是她夢寐以求的，她自己的聲音，她的話語。

庫羅狄亞斯原本也茫然望著她的身影，很快地他靜靜皺起眉頭低聲說：

「艾爾莎，難道說，妳是被施了什麼魔法嗎？」

庫羅狄亞斯低頭看了看自己的手。

「如果是的話，說不定是因為這隻手。我的手腳具有不可思議的力量。至今為止，也曾和他人所施予的魔法相抵觸而使之無效化……」

然而艾爾莎卻早已對聽庫羅狄亞斯充耳未聞。紅色的瞳孔回復了光亮，胸膛點燃的是火與熱。

不斷地膨脹起生存下去的意志。

（只要有聲音！）

只要能說話，就生存得下去！

艾爾莎接下來所採取的行動，有如迅雷不及掩耳。她抓起放在一旁的細花瓶，摔向牆壁。庫羅狄亞斯不禁踏出一步喊叫道：

「危險啊！」

然而艾爾莎卻不回答，用破碎的花瓶碎片發出聲響割開了自己的禮服裙襬。她毫不在意自己的腿裸露出來，大剌剌地將難於行走的鞋子拋在一旁。

禮服的裙襬成了一大塊破布，她將自己的髮飾和房間的裝飾品拋向自己的裙襬。

庫羅狄亞斯呆呆地望著艾爾莎，歪了歪頭說：

「妳在做什麼？」

「你看不出來嗎！」

艾爾莎只拋下這麼一句話，不回答庫羅狄亞斯的問話。問她在做什麼？根本就顯而易見——她要從這裡逃走。

然後，她打算將值錢的東西變賣個一乾二淨。

庫羅狄亞斯迷惑地眨了眨淡色的眼珠，開口問道：

「妳想做什麼呢？」

「那我倒要問問你！」

艾爾莎轉過身來。恢復了聲音並割裂禮服的她，剎那間和之前簡直判若兩人，身形輕快。

「為什麼我必須和你成為夫妻呢！」

她的聲音在異國的領土上顯得那麼地不同，聽起來是那麼地自由。即使不知道她的名號，也會讓聽者退避三舍。然而，庫羅狄亞斯卻毫不畏怯地說：

「那是為了我和妳的國家啊。」

他回答得過於迅速，過於沉靜，溫和而穩重。

艾爾莎面對他的回答，嗤之以鼻。

「哼！我的國家？什麼我的國家！不愧是一國的王子，說的話就是不一樣啊！」

然後，她忍住了笑，用強而有力的眼神瞪向他。

「我沒有國家！」

庫羅狄亞斯正面接受了否定自己和對方一切的話語。然而在他辯駁之前，關著的門扉打開了，進來的是金髮的聖騎士。

「維恩提奴，狄亞！」

騎士踏進來之後，對艾爾莎用敬語稱呼，然後對庫羅狄亞斯則是以叫慣的暱稱呼喚他。

在他背後的走廊，有好幾個傭人滿臉擔心地窺視著。

「安迪……」

庫羅狄亞斯回過頭，呼喊著聖騎士的名字。庫羅狄亞斯對他也是用親暱的稱呼。
因為聽到了爭吵而踏進房裡的聖騎士，看到了房間的慘狀，以及艾爾莎狼狽不堪的樣子，他停下腳步。
「這到底是怎麼回事呀……」
艾爾莎將行李扛在肩上。她紅色的眼珠瞪著安．多克說：
「喂，他們回去了沒？」
安．多克驚訝地睜大雙眼。不久前他所看見的纖細而暗淡的柔弱言無姬已經不見蹤跡。她以輕蔑的眼神看著他，紅色的眼珠中燃著熊熊烈火，這裡只有毫不躊躇，動作輕快的少女。但是安．多克未能將不同之處當場點破，他首先從容易判別出來的事情著手。
「維恩提奴，妳的聲音——」
「我的名字是艾爾莎！」
艾爾莎搶著說話，逼近了安．多克。
「我在問你他們回去了沒呀？那些占卜狂的痴呆老人們回去了沒？」
聖騎士為她氣勢洶洶的樣子震懾住了，他猶豫遲疑地回答說：

「維恩的使者們早就回去了……」

「果然是這樣！」

艾爾莎嗤鼻笑道。她的笑絕不文雅，在奢華的房間內顯得那麼不相稱，但是不可思議地，放在她身上毫無不適合之處。

「卑劣小人逃得也快，不過這樣正合我意。那就再見了！」

「等、等等！到底是怎麼回事？」

著急的安・多克抓住了艾爾莎的肩膀。艾爾莎對他抓過來的手感到厭惡，扭開身子喊叫：

「我不是叫你不要碰我嗎！這種地方我不想再多待一秒啦！」

「所以說……」

眼看著安・多克的手就要加強力道抓住艾爾莎，庫羅狄亞斯此時出面阻止了他。

「安迪，放開你的手吧。」

雖然不如艾爾莎的聲音響亮，但庫羅狄亞斯的聲音很清澈。並且用同樣澄澈的眼睛，窺視般地盯著艾爾莎說：

「艾爾莎，妳也稍微冷靜下來吧。」

面對庫羅狄亞斯眼神的那一剎那，艾爾莎畏縮了起來，然後背過臉口吐惡言：

「我平靜得不得了。我很冷靜地告訴你，我根本就不想跟你結婚。」

安．多克看著兩人，不合場面地想著：庫羅狄亞斯的銀色與綠色，還有艾爾莎的黑色與紅色，還真是漂亮的色彩啊。

安．多克覺得很不可思議。

他第一眼看到艾爾莎的時候，為她黯淡憂鬱的表情感到不安。他們的王子，擁有穩重沉靜的性情，願意陪伴別人的痛苦，正因如此，他認為王子如果和抱著深刻痛苦、並忍耐苦楚的人在一起，是絕對無法幸福的。

然而現在，艾爾莎以同樣的身姿和同樣的容貌，展現出截然不同的感情。

庫羅狄亞斯平靜得像一池湖水，他窺視著艾爾莎，如同耳語般說：

「呃……我是可以理解……但是妳如果逃走的話，我會很為難的。」

「你挽留我也沒用！」

艾爾莎沒有任何牽掛。「怎麼辦呢」，庫羅狄亞斯喃喃自語，然而他也沒有向安．多克求助。

然後，他以懇求的語氣向艾爾莎說：

「晚餐已經準備好了。我是已經很清楚妳不想嫁給我就是了……先用餐再說吧？」

「！」

無論他說什麼，艾爾莎原本都想予以拒絕；她還是想反駁似地開了口，開口後找尋可以說出口的話。

然後，她在心中感到驚愕，詫異自己雖然被稱呼做是毒吐姬，卻未能當場說出話來。

她緊緊地握住拳頭，卻不明白自己到底該說什麼。她張開著嘴，緩緩地垂下肩膀，然後喃喃地說：

「……我要吃。」

她像一個小孩子似地回答。庫羅狄亞斯微笑著對她說：「那麼就先換穿件禮服吧。」

聖騎士無限感慨，像是做比較似地望著與眾不同的公主，以及被稱呼為異形的本國王子。

第三章 晚餐與酒杯

桌子上擺放著種種銀製餐具，籃子裡是暖烘烘的麵包。澄澈的湯，以及香噴噴的各式各樣料理。

看著桌上的這些，艾爾莎「咕嚕」地吞下一口口水。

本來這樣的晚餐，似乎應該是由她和庫羅狄亞斯面對面享用的。餐桌對他們兩個人來說過於寬廣，陪在一旁的是受過訓練的女侍們。

聖騎士安．多克心懸著艾爾莎，對著庫羅狄亞斯耳語之後，離開了他們兩個人。

雖然安．多克和庫羅狄亞斯的祕密談話可能和自己相關，然而艾爾莎面對眼前豪華的晚餐，她的思緒飛馳。

（如果成為公主就不會餓肚子了喔。）

占卜師們曾對艾爾莎說過。

多令人憤怒的一句話啊。

說這種沒有說服力的話，是因為說話的人從來沒有餓過肚子。
他們根本就不知道，飢餓是多麼悲慘的一件事。
（學學公主的禮儀吧。）
對她如此說的占卜師們，對待她的方式卻比家畜還不如。以「不會禮儀就不讓妳用餐」強迫她學會所謂的王室禮儀。
多虧他們灌輸教養，對艾爾莎來說以王室禮儀用餐並不是難事。
（去吃屎吧！）
然而，她一點也不想實踐那一套禮儀。
她手握叉子，有如在握木樁一般刺向肉塊，直接拿到嘴邊用牙齒咬斷。
她舔了舔指尖，抓住盛有湯的盤子，直接喝光之後又咬了一口麵包。
艾爾莎知道周圍的人們被她的舉止驚訝得說不出話來，卻無意停止動作。她不想停止，也不認為她停得住。艾爾莎只管滿足她的舌頭、她的胃，繼續咀嚼。
光是溫暖的餐點就刺激了自幼年時期長期的飢渴。她的情感毫無理由地被攪亂，眼淚差點滴了下來。彷彿要吞下眼淚一般，艾爾莎嚥下了湯，嘖嘖有聲。
庫羅狄亞斯也詫異地呆呆望著艾爾莎的舉止。艾爾莎狠狠地盡所有力量瞪著他淡淡的眼珠，呸地一聲吐出了小骨頭。

「幹嘛？」

他到底是輕視她呢？還是訝異得目瞪口呆呢？

不管是哪一種反應，她都有嘲笑他的準備。

然而庫羅狄亞斯的反應出乎她的意料之外，他只是輕輕地笑了笑。他的笑絕不是悲觀的微笑，簡直就像是懷念什麼似的。彷彿是懷念，加上疼惜的笑容。

然後，他開口說話。不是對艾爾莎，而是對著在一旁待命的女侍們說：

「角角當初來到這裡的時候，也是這個樣子吧？」

這句話帶有戲劇性效果。

原本困惑不知所措的女侍們，臉龐突然亮了起來。然後各自開始動作。有人去蒸手巾，有人在艾爾莎的膝蓋上鋪了餐巾，有人打掃地板。艾爾莎反而為她們熟練的動作感到困惑不已。

「什、什麼啊！」

「不不，繼續吧，沒關係的。」

然後，王子自己並不用餐，微笑著問艾爾莎。

「幸好合妳的胃口。好吃嗎？在妳的國家都怎麼調味呢？」

「調味？」

艾爾莎哈地一聲歪了歪嘴唇。番茄和醋栗的醬汁沾在嘴邊，彷彿是野蠻的血一般。

「只要有鹽就很豐盛了。」

對她說的這句話，庫羅狄亞斯想要說些什麼，但是在他還沒開口之前女侍的手伸向艾爾莎，想要用餐巾擦拭她的嘴。

「別碰啊！」

艾爾莎瞬間拂開了女侍的手，女侍畢恭畢敬地說道：

「失禮了！」

女侍低下頭。艾爾莎感到她自己彷彿成了一個壞人似的，覺得很羞慚。

她用手背擦了擦嘴，撂下話來：

「這什麼國家啊。」

庫羅狄亞斯似乎認為艾爾莎的批評很正確，垂下眉毛說：

「是啊。因為會有各式各樣的客人呢。」

「你也是這樣讓人餵著吃飯的嗎？」

艾爾莎滿懷諷刺地說。庫羅狄亞斯因一時驚訝而失聲，然後垂下眼睛點了點頭。他緩緩地動作，他的餐桌禮儀完美，彷彿施以魔法一般，操縱著刀叉。

「也許吧……她們服侍我習慣了。」

艾爾莎聽到他這麼回答，更是詫異，她手肘抵著桌面，支著頭感慨地說：

「王子殿下還真是、令人噁心。」

對於她挖苦卻也真實的話，庫羅狄亞斯被逗笑了。然後，他以自然的語氣問她：

「餐後想喝點什麼？」

「我喝水就好。」

艾爾莎心想，只要不是泥水，什麼都好。

庫羅狄亞斯點了點頭說：

「那麼，就讓他們拿水來吧。我想跟妳聊聊。」

話說到這裡，艾爾莎揚起了被修齊的眉毛。她察覺到自己的立場。

「你沒在聽嗎？我說我要出去！」

「何必焦急呢。」

面對艾爾莎，庫羅狄亞斯依舊以從容不迫的溫和語氣說明：

「我不會把妳關起來的。就算妳要出去，已入夜的現在太危險了。這附近有魔物之森啃。」

「……」

艾爾莎收起下巴，用她紅色的瞳孔懷疑似地看著庫羅狄亞斯。然而庫羅狄亞斯以微笑回報她嚴厲的視線，提出了建議：

「請他們拿甜點來吧。」

艾爾莎向庫羅狄亞斯頂起銀叉子說：

「以為每次都能用食物騙我，那就大錯特錯了。」

雖然她的聲音嚴峻，然而她的嘴被燉煮的醬汁弄髒了，所以沒什麼說服力。

庫羅狄亞斯也只是靜靜微笑著。

暖爐的火甚是微弱。

艾爾莎拉起椅子到暖爐旁，披上從床邊拿出來的厚棉被，抱著膝蓋坐在一旁。那是她從沒看過的大棉被，從沒有摸過的觸感。

「冷嗎？」

庫羅狄亞斯命令女侍們退下，向艾爾莎問道。準備在一旁的不是水壺，而是溫暖的可可和烤餅乾。

「我不冷。」

艾爾莎簡短地回答，顫抖著身子拉起肩膀上的棉被。寬廣的房間即使沒有暖爐烘烤也很溫暖，但是艾爾莎抱著膝蓋一動也不動。她的身影簡直就像是不馴服於人的野獸一般。

庫羅狄亞斯自己也拿過椅子來，謹慎地保持距離坐了下來。

兩人都保持沉默不語。庫羅狄亞斯似乎在找話說，靜靜地游移著視線。不久艾爾莎的手緩緩伸向烤餅乾，抓住後立刻縮回了手；庫羅狄亞斯不出聲柔柔地瞇起了眼睛。

四周只有艾爾莎咀嚼烤餅乾的悉悉窣窣聲，聲音停止後她小聲地說：

「好甜。」

聲音模糊而微弱。

「不合妳的口味嗎？」

才問出口，又聽到咀嚼的聲音傳來。

「太甜了，腦袋都要麻痺掉了。就是因為都在吃這種東西，所以你們的腦袋都泡在蜂蜜裡啊。」

雖然她不快地說著，卻不捨地舔了舔指頭。庫羅狄亞斯又輕輕地笑了。

他溫和地笑著，不可思議地，卻不會忤逆到艾爾莎的情緒。艾爾莎不懂他的笑，和之前嘲笑自己的人們到底有什麼樣的不同。

艾爾莎此刻又嘗了嘗茶杯裡的可可，喃喃地說：「好甜，好苦。」然而她卻停不下來地繼續喝著。

她不再轉回視線去看庫羅狄亞斯，只是茫然地盯著暖爐。她紅色的眼睛映照出火焰，看起來就像是無可匹敵的寶石一般。然後，不久之後艾爾莎小聲說：

「我今後，要怎麼辦啊？」

她的聲音沙啞，和之前不一樣，毫無霸氣。庫羅狄亞斯為了回答，躊躇了一會兒。然而，他隱藏了他的猶豫，故意以明朗的聲音說：

「妳不是打算要逃出去嗎？」

儘管庫羅狄亞斯向艾爾莎如此說道，艾爾莎卻仍然不看向他，瞇起了眼睛。接下來她的聲音低沉，恢復了些許堅強喃喃地說：

「……這樣你沒問題嗎？」

「是呢，我的職責就是不要讓妳逃跑。」

庫羅狄亞斯捏起附近盆栽中的葉子說。他的態度溫和卻又倔強，艾爾莎再度以微弱的聲音說：

「你是當真想和我成為夫妻嗎？」

艾爾莎在說出口後，心中的空虛變得更加分明。即使被帶到異國，裹在帶有不知名香氣的棉被之中，艾爾莎仍舊不敢相信這就是現實。

每當她感受到親切，溫柔以及溫暖，她便愈是認為這些美好的事物不是真的，認為這是苦澀的惡夢。

如果有醒目的疼痛以及苦楚，也許就能感受到些許真實。她並且也覺得在不久的將來後，這些東西又會降臨在她身上了吧。

「妳不相信嗎？」

庫羅狄亞斯輕聲地問艾爾莎，艾爾莎對於他的問話也以問話回應。

「相信什麼？」

艾爾莎披著棉被，抱住膝蓋瞪著庫羅狄亞斯。她的瞳孔不再映照著火焰，紅色的眼珠黯淡無光而混濁。

她半閉著眼，沙啞的聲音彷彿夢囈般。

她的手伸向胸前，握住脖子下掛的石頭。

「……我絕對，不要被他人，決定我的，生活方式。」

艾爾莎呻吟似地喃喃自語，說完蜷曲起自己的身子，將頭放在環抱的膝蓋上，開始無聲地打起瞌睡。

庫羅狄亞斯坐在椅子上抱著雙手，望著睡夢中的艾爾莎。

過了不久，兩人所在的房間外傳來有禮的敲門聲。接著，敲門的人略帶顧慮地開口，庫羅狄亞斯站了起來，打開了門。

「安迪，你來得正好。」

進來的是晚餐前離開的聖騎士。庫羅狄亞斯招呼他，指著艾爾莎說：

「能不能幫我把她搬到寢室呢？我沒自信能抱得動她。」

看著艾爾莎蜷曲沉睡的樣子，安．多克訝異地張大了眼，窺視著她，並且悄聲詢問：

「這……不過，這樣好嗎？」

不知庫羅狄亞斯如何會意他的躊躇，他回答他：

「我想她不會醒過來的。」

面對庫羅狄亞斯清晰的回答，安．多克看著他，以平靜的聲音說：

「……你是讓她喝下了什麼嗎？」

庫羅狄亞斯毫不猶豫地點了點頭。

「嗯，我在可可裡混了強烈的安眠藥，如果讓她突然醒過來大鬧或逃走就糟了。」

安．多克先是交抱著雙臂深深地嘆了一口氣，再度鬆開手臂之後將手放在庫羅狄亞斯的頭上說：

「狄亞——」

「什麼事？」

「我是不是應該斥責你啊？」

彷彿自言自語一般，他悄聲說道。

然而，庫羅狄亞斯和聖騎士相識已久，受他教誨多年，因此覺察到他話裡的含意，一雙綠色的眼珠黯淡了起來。

「……我這麼做是錯誤的嗎？」

他看著彷彿昏厥般沉睡的艾爾莎，似乎在為自己辯解般地說：

「我不是要奪去她的自由。她經過長途跋涉，而且如果她受到魔法的封印，身體的負擔應該是很重的呀。要她在剛到的這個國家安心下來，應該也是很困難的……」

安．多克把手放在庫羅狄亞斯的頭上。好摸的銀色髮絲覆蓋在他嬌小的頭顱上。由於生來特殊的體格，庫羅狄亞斯比起同年代的少年發育遲緩，體格瘦小。對於聖騎士來說，是永遠的小小王子。

然後，一如往常般地，他以緩緩的語氣向庫羅狄亞斯說：

「我知道。如果換做是我，我也許也會這麼做。這是為她好，為她著想。但是，狄亞是悄悄這麼做的吧？違反她的意思擅自對她用法術或藥物，要是她因此而被激怒，你也無話可說。」

庫羅狄亞斯的視線垂了下來，仔細咀嚼著安．多克的話後說：

「……對不起。」

他像個孩子似的回答，這可以說是庫羅狄亞斯不可靠的地方，也可以說是他純真的美德。因此安．多克不再責備他，只揉亂了庫羅狄亞斯的頭髮，然後面向艾爾莎。

「那麼，就失禮了。」

他連著被單抱起了艾爾莎，剎那之間他皺了皺眉頭說：「真輕。」那似乎並不是在讚美她的身子輕盈。

他把她放到床上。在呼叫女侍們之前，安．多克感慨地說：

「我在之前是做了種種想像，但是……」

艾爾莎的睡臉並不安祥。雖然沉睡，卻似乎受到什麼痛苦一般。彷彿要掩飾這份哀憐，安．多克聳了聳肩。

「沒想到是這麼野性的公主。」

庫羅狄亞斯原本也在看著她的睡臉，他似乎感到很不可思議地歪了歪頭說：

「是嗎？」

「狄亞，你喜歡上她了？」

安．多克微微一笑說；然而，庫羅狄亞斯卻笑不出來。他只靜靜地看著沉睡中艾爾莎的臉龐說：

「這不是喜歡不喜歡的問題。」

他的側臉顯得冷峻，像個大人一般。

「這也是我重要的任務之一。」

在剎那間出其不意地經他這麼一說，安．多克又焦急地搔了搔頭。身為一個年長者，他覺得他必須說些什麼，但是無法巧妙地化為言語說出來。

在他找話說的當口，庫羅狄亞斯從艾爾莎身上別開視線，向安・多克說：

「安迪，父王他……」

安・多克以和之前截然不同的生硬語氣，挑了挑眉毛，用力笑開臉說：

「沒事，我趕過去看，他還好好的呢。要他倒下去沒那麼簡單哩，那個老狐狸頑強得很。」

據說為慎重起見要在侯爵宅邸休息一晚再回來——安・多克安慰庫羅狄亞斯地說。

國王現在不在列德亞克的王城中。有通報說身在某侯爵宅邸祕密會談的國王，健康情形很不樂觀。即使必須讓聖騎士離開城堡，庫羅狄亞斯於是拜託聖騎士前往國王身邊一探究竟。

和庫羅狄亞斯的年輕相比，現在的國王年事已高。另外，與其說是年齡，不難想像他累積的諸多勞苦帶給他的身體極大負擔。

對於將這個荒廢的國家在他任內重新打造了起來的英明國王，其健康情形不甚樂觀的傳聞，不只是還年輕的繼承人庫羅狄亞斯，任誰都感到無比不安。

然而庫羅狄亞斯彷彿裝起堅強剛毅般，只點了點頭，不再深入追究。

「我從明天起又要開始忙了。這段期間，她……」

他低頭看了看艾爾莎，小聲說：

「能不能拜託歐莉葉特？」

庫羅狄亞斯口中的歐莉葉特，正是安．多克的妻子。守護國家聖劍的騎士之妻，是一個美麗的女子，但也絕不是一個平凡的女人。

她是在王國列德亞克的傳承中享有盛名的一位女子。為了守護聖劍，一生要和聖劍共存亡的巫女。如今她選擇了不是和聖劍，而是和聖騎士白頭偕老之路。

安．多克聽到庫羅狄亞斯的話，爽朗地笑了。

「我明天早上立刻拜託她。今天我才被狠狠地抱怨說，為什麼就只有我能先見到公主的面呢。」

安．多克聳聳肩說著，他也低頭看了看艾爾莎又開口：

「那個什麼封住說話能力的魔法，我也挺掛心的。」

聖劍巫女是在這個國家中魔法造詣也特別深厚之人，即使是從人品來看，也沒有人比她更適合照顧艾爾莎了。唯一的障礙，便是聖劍巫女並非庫羅狄亞斯輕易下令就能命其遵從的對象，她擁有和王族權威不同的獨立權限。

然而對於沒有孩子的安．多克和歐莉葉特來說，庫羅狄亞斯就像是自己的孩子一樣。他們理所當然會想要成全他的願望。

庫羅狄亞斯對安．多克慷慨答應這件事道過謝後，他看著艾爾莎，瞇起了眼睛以平靜的聲音說：

「我沒有對母后的記憶，所以我無從知道父王和母后是怎樣的一對夫妻。雖然我可以把他們當作是理想的夫妻，卻無法把他們當作參考。」

他的母親因為身體孱弱，生下庫羅狄亞斯後便過世了。

「……但是，如果可以的話，我想成為像安迪和歐莉葉特那樣的夫妻。」

庫羅狄亞斯只知道身為國王的父親，只從肖像畫知道母親。他會如此盼望，安．多克感到無比光榮。

他難為情似地搔搔臉頰，輕輕嘆了一口氣說：

「我們也不是從見面起就處得很好，沒有經歷過任何艱辛的呀。」

彷彿在懷念過去的時光，安．多克從艾爾莎寢室的窗口望著尖尖的月亮，喃喃說道。

細細的月光從石壁之間射入燭臺的火焰之中。縫隙沒有窗框也沒有玻璃，說是窗戶也太狹窄了，取而代之裝在上頭的是複雜的計量器具。被稱為取星器的該機器，在占卜國家維恩的上流階級之間很普遍。

全新的取星器，燃燒的精油芬芳的香氣，似乎在在象徵著主人的權威。房間裡昏暗無光，是很適合密談的夜晚。

坐在沙發上的男人正值壯年，留著鬍鬚，臉上是深刻的皺紋；眼睛細小，有斜視。即使在燭臺昏暗的燈光之下，也看得出來他的衣服上等而高貴，縫有維恩的城中唯獨賜給統治者的徽章。但是他既非王族，甚至也不是出身高貴的人士。正因為如此，從醒過來到入睡之間，他從不摘下顯示宰相地位的徽章，身上穿的也絕對是最高級的衣料。

身為宰相的他，喝乾倒在銀質酒杯中的蒸餾酒後，依偎在一旁的女人又斟了酒。女人還年輕，雖然和壯年的男人不相襯，但是她散發的美色比酒還要濃烈。她是宰相的妻子，同時對他來說簡直就是占星的女神。

宰相的嘴唇沾了沾新酒，低聲說道：

「抬起你的臉吧，卡爾斯頓大人。」

在流逝著如蜜般時光的房間裡，待著一個與這房間不相襯的人士。這個低著頭的大塊頭男人在石頭地板上撐著膝蓋和拳頭，身上穿著骯髒的上衣，和這間房間以及大人這句尊稱，是那麼地不相稱。他聽到宰相的話後動了動肩膀，但是因為昏暗，看不出他的表情。

男人腰部垂著的星石，有如夜空一般，是深藍色的。在街道上有很多人會隱藏星石；但是依慣例，在進入城中和神殿裡的時候，星石必須放在外頭讓人看見。石頭是確認為維恩國民無誤的證物。有時還象徵着地位和立場。

「——我早已失去爵位。」

男人沙啞地低聲回答，含著彷彿要吐血般的苦澀。

宰相的嘴歪曲成笑容。

「那不是你的本意吧。至少上一代在卡爾斯頓家解體時不是抵抗到最後嗎？靠著膽小鬼哈利斯大鬧脾氣。」

宰相口中所說的膽小鬼，在維恩是家喻戶曉的大貴族。他的家世和權威，以及和宰相根深蒂固的對立關係，都是眾所皆知的事。

宰相的話帶有同情，然而也許是宰相和貴族兩者對立之故，這句話顯得甚為輕微。

男人僅只用力握了拳頭，不做回答。

「……我想聽聽您叫我來到這裡的理由。」

男人以不慣的口吻性急地詢問，宰相則似乎要讓他焦急似地別過視線，撫摸著一旁妻子的頭髮。女人嬌笑著，散發出令人發狂的美色。

然後，宰相以輕鬆的口吻，有如在閒聊時事般說：

「今天維恩提奴嫁出去了。」

膝蓋跪著的男人，肩膀顫抖。然而男人還是沒說什麼。

「可悲的毒吐姬啊。如果她不出生在這個國家，就不會為了占卜這種東西決定了她的一生啊。」

「……」

「卡爾斯頓大人，您也是啊。還有，許許多多的其他人也是。」

宰相將喝完的酒杯放在一旁，站了起來。

「想不想要一個沒有占卜的國家？」

男人吞嚥的聲音作響。他仍然不發一語。

宰相前進到男人身邊，在他之前蹲了下來，然後，在昏暗之中只傳來宰相的聲音。

「所有的人們能夠享有自尊，成為這個國家的主人。想不想要這樣的國家？我們的確是星與神之子，但是，就因為如此連上天也都憂慮著這個國家的腐敗吧。」

「你到底想怎樣……」

男人的聲音顫抖，是為了了解宰相真正的意思所指為何。宰相的話依舊空虛，卻有不可思議的吸引力。

「我出生於陋巷。也知道哈利斯和你們都用什麼樣的話語誣蔑我。但是正因為如此，我才懂某些事情。」

宰相的手放在他的肩頭上。那雙乾燥的手掌，到底會抓住什麼樣的未來？

「作為劃時代黎明的開端，這個國家需要新的議會。由人民組成，為了人民存在的議會。為此這個國家有必要興起風浪。」

為了國家，宰相如此說道。為了維恩，為了改變這個完全疲弊，屬於占卜師們的國家。

「——能不能再一次，拿起您的劍呢？卡爾斯頓大人啊。」

精油燃燒的聲響。還有男人喉嚨發出的聲音，房間內唯有這兩道聲響。

男人自己似乎也不明白他的顫抖來自於畏怯，還是興奮。宰相彷彿乘勝追擊一般，再度說話了：

「由於占卜，多數人民被迫過著苦不堪言的生活。不是嗎？」

男人的嘴唇發抖，發出沙啞的聲音：

「……毒吐姬。」

聽到這個忌諱的名字，宰相挑了挑眉毛。男人似乎也為自己說的話感到困惑，繼續找話說。然而，他似乎想清楚了，開口說：

「不只是人民，這個國家的毒吐姬也……」

可悲的維恩提奴。聽到她的名字，宰相笑了。他滿足地想，正合我意。

「當然，她也是一名犧牲者。新的歷史即將開始，讓她再回到這個國家吧。讓她作為這個國家，維恩國的公主，保障她能夠過著幸福的生活。」

為此需要一段時間的準備，宰相詢問男人願不願意幫忙。

男人未能即時回答，沉默表示著他的迷惘。宰相告訴他能保障公主過著幸福的生活，但是這句話有什麼樣的效力呢？他自己也不明白。

然而，在這之前沒有任何人想要改變這個國家，沒有人。

「……真的嗎？」

沙啞的聲音中斷，傳來衣服沙沙作響的聲音。不是宰相站起來的聲音，而是在他之後一直依在沙發上的長衣女子，站起來發出的聲響。

「相信吧。星與神和我們同在。」

這句話，實在是過於輕柔。用著性感到有些妖豔的聲音，女人輕聲說著。那句陳腔濫調的祈禱句。

「交給星與神所指示的命運。」

似乎在呼應她的話，宰相也反覆地說：

「交給星與神所指示的命運。」

宰相說到沒有占卜的國家。願望和祈禱是如此地鮮明，甚至讓他們感到焦躁；然而在場的每一個人都為那句常聽到的發誓語句所陶醉。

交給星與神所指示的命運。

高舉起銀質酒杯，女人笑了。

「整個國家要改變了呢。」

流雲隱蔽了指示去路的星辰，也隱蔽了細細的月亮。

燭台的火焰熄了，一切都在黑暗之中。

第四章 再會了，王子

艾爾莎醒了過來，但感覺很難說是清爽。手腳和眼皮處處都感到沉重不堪，特別是胃部，更是沉重極了。

「啊，嗚……」

她蜷曲橫躺著，發出呻吟聲之後就安心得多了。

還好，還能發出聲音。能發出聲音就好，這樣就能活下去。她意識不清地想著，在她想閉上眼睛之際，視線中有人影出現。

「醒過來了？」

艾爾莎聽到從未聽過的聲音，溫柔而甜膩，她的意識因而急速清醒。不僅是聲音，想起她自己的立場和身在何處，她警覺到不能再安穩地沉睡。

「早安。」

首先映入她眼簾的，是黑而長的頭髮，紮成一束鬆鬆地挽起。

黑色的睫毛，黑色的眼珠，雪白的肌膚。這個女人正值妙齡而舉止優雅，然而對艾爾莎來說是一個陌生人。

「口渴了吧？喝點水吧。」

她伸過手扶上來，讓艾爾莎抬起上半身。被陌生人觸摸的感覺很不愉快，但是她身體各處使不上力也是事實。

艾爾莎喝過水壺裡的水，潤了潤喉嚨，意識才漸漸清醒了過來。

「妳覺得怎麼樣？」

「妳是誰？」

艾爾莎以生硬的聲音問道。女人更是笑逐顏開，靜靜地彎下腰說：

「還沒向妳自我介紹呢。我叫歐莉葉特。歐莉葉特·馬克巴雷恩。我是聖騎士安·多克的妻子。」

「聖騎士，的……」

艾爾莎的腦海裡緩緩迴繞著昨天見過的人們，記憶中有金髮的聖騎士，以及有著異形四肢的王子——

「是的。庫羅狄亞斯王子拜託我照顧妳，和妳說說話……妳是艾爾莎·維恩提奴？

妳不喜歡被稱作維恩提奴嗎？」

聽到歐莉葉特的問話，艾爾莎扭曲了臉龐說：

「什麼叫不喜歡，我根本不叫這個名字！」

「那麼，艾爾莎。」

彷彿要撫平她扭曲的臉龐，歐莉葉特以白皙纖長的手指端住了艾爾莎的臉頰。她的手滑嫩而冰冷。

從她的手傳來一陣花香。

「我叫女侍們過來吧。首先要梳梳妳的頭髮，整理一下儀容喔。今天傍晚預定要謁見國王呢。在這之前妳必須記住一些禮儀。」

「——別碰我！」

拂開了歐莉葉特的手，艾爾莎從床上起身，腳踏地板說：

「我要回去！」

「回哪裡？」

歐莉葉特問得很冷淡，她的冷淡更是讓艾爾莎胸口一疼。

（回去？）

早知道就不說了，艾爾莎感覺自己像說錯話一樣。不過，彷彿要轉換心情似的，她喊叫道：

「妳管我要去哪裡！我要從這裡逃走！」

「一個人跑到外面很危險，再說妳的身體孱弱……」

這段話讓艾爾莎瞪大了眼睛：

「你們講話為什麼都那麼做作？因為危險？不是吧！是因為我逃走的話你們會感到很困擾吧！我才不管你們呢！」

艾爾莎彷彿在恐嚇似地提高了聲音，閃亮著紅色的眼珠。但歐莉葉特以沉靜如夜空般的眼睛看著她：

「……妳有地方可以回去嗎？」

歐莉葉特更以澄澈的聲音問艾爾莎。

「除了這裡之外，如果妳有其他想待的地方，可以去的話，就請便吧。」

歐莉葉特的說法讓艾爾莎畏縮地收起下巴。真是奇怪的問法啊，她想。

彷彿在說如果有可以回去的地方，那就去也沒關係似的。

（回去的地方。）

要回哪裡？回到維恩的貧苦陋巷嗎？又要在路邊過著得過且過的日子嗎？那也無妨。儘管如此，但是我絕對再也忍受不了任憑占卜師們擺布，絕不願意再過著牢籠裡的日子！艾爾莎斬釘截鐵地想。

為了不再過那種日子，當然是不要回到那種國家才好。那麼，自己到底要往哪裡去？

艾爾莎的手指握住了胸前的星石。

「……和你們沒關係吧！」

然後，為自己打氣般用強硬的口吻說：

「如果以為我是在城堡外就活不下去的柔弱公主，那就是大錯特錯！不管在哪裡我都能活給你們看！當乞丐也好，扒手也罷，我什麼都肯幹！別以為我只是說說而已，我就是這麼活過來的！」

聽著艾爾莎的喊叫聲，歐莉葉特皺起了眉頭。然而，艾爾莎咆哮不止。有好幾個月，她都不能像現在自由地喊出她的憎恨。彷彿要吼叫出幾個月份累積的話一般，艾爾莎滔滔不絕地說著。

「身體孱弱？哪一個傢伙用哪張嘴說這種話？反正一定又是維恩的騙子們吧！」

艾爾莎「哈」地一聲，表情僵硬地笑了，她挽起一頭亂髮。

「關於我的身體，妳又知道什麼了！我生下來立刻就被遵照星與神所指示的命運，丟在陋巷裡耶！」

她腦海裡浮現出所受的屈辱。空著肚子，依靠他人施捨的慈悲，犯著微小的罪活過來的那些日子；還有，破壞這一切的兇殘暴戾占卜師。

記憶接二連三地湧現，為此艾爾莎以黯淡的笑容用力笑了起來。

「也許很相配吧。」

她垂下了手腕，笑得黯淡卻只有眼珠子炯炯有神。艾爾莎繼續說：

「對所有過慣了和平日子的這個國家的國民說說吧。就說嫁給受詛咒的王子的，也是一個受詛咒的公主。這場婚姻根本就是同受詛咒國家的聯姻！看著吧，如果要讓我成為這個國家的王妃，我會把一切毀滅得亂七八糟的。只要我還活著，我會不斷地詛咒維恩和這個國家！」

歐莉葉特踏出了一步。

「艾爾莎。」

她低頭看著細瘦嬌小的公主，依舊用澄澈的聲音，有如耳語般對她說：

「不管妳如何憎恨自己的出生，或者憎恨讓妳如此生存的某人，妳都不能討厭妳自己呀。」

艾爾莎無法了解她說的話，這些話在她聽起來簡直就像是外語一般；然而，她感受到歐莉葉特滿懷疼惜之情，這比什麼都刺痛了她的自尊。

「是是是，妳簡直就像是聖母一樣！好像知道所有的事情似的，擺出一副溫柔的嘴臉！我最不能原諒的就是你們的傲慢！」

不管是誰都一樣，艾爾莎心想。她循著記憶想起，現任聖騎士的妻子就是守護聖劍的巫女。說到巫女，她輕易地想像得到是使用魔法之人，那就和藐視她的尊嚴對待她的那群占卜師們一樣啊。

（我絕對不會任你們擺布！）

她用力咬了咬牙，牙齒幾乎要嘎吱作響；握著星石，胸口燃起了鬥志的火焰。沒什麼好怕的，現在的自己有聲音，也能說話啊。

艾爾莎甩開歐莉葉特，拿起行李想要出去，此時歐莉葉特一把抓住了艾爾莎的手腕。

「妳要去哪裡？妳不是要毀滅這一切嗎？」

歐莉葉特的手勁出乎意料之外地強。艾爾莎起了雞皮疙瘩，回望歐莉葉特並且瞪向她，歐莉葉特當面迎向她的視線。

然後微笑著說：

「請便，妳要詛咒就詛咒吧。不管妳是詛咒多強的公主——」

求之不得呢，她笑了。她雖然臉上掛著笑容，卻讓人感到一絲壯烈。

「妳的詛咒我都會化為力量。我們的國家和王子，都是這樣活過來的唷。」

她的笑容甚至可以說是傲慢，艾爾莎回以痛擊般繼續瞪著她。

報時的鐘聲響了，聽到鐘聲後，坐在王位上的列德亞克國王讓一旁伺候的人退下。

首先出現的，是在裡頭等候著的王子庫羅狄亞斯，以及聖騎士安・多克。王子站在國王的身邊，騎士則佇立在地毯的邊緣。

中央的門扉打開了，由聖劍巫女帶領，該現身的異國公主……

「我不是說我不要嗎！」

公主的確是現身了，但是樣子卻糟透了。她頭髮散亂，不知為什麼只穿了一隻鞋子。她彷彿要和緊緊抓住她手腕的歐莉葉特爭辯般，閃耀著紅色的眼珠吼叫：

「放開我！妳這個老魔女！如果妳的目的是吸處女的鮮血，那就快快現出妳醜陋的真面目，回到魔女的國家去吧！」

她的聲音響亮完美，但是就因為如此，出自她嘴中的惡毒言語顯得強烈鮮明。

「……」

「……」

安．多克遮住了眼，對眼前的慘狀表達了他的不忍。

庫羅狄亞斯輕輕地嘆了一口氣，對著繼續吼叫的艾爾莎說：

「艾爾莎。」

原本艾爾莎看也不看周遭一眼，被庫羅狄亞斯叫住後，剎那之間閉住了嘴。庫羅狄亞斯的話語簡短而尖銳。

「妳現在在國王面前。」

「那又怎樣？」

艾爾莎惡言相向，打開高度不同的雙腿站立，面向列德亞克國王。

「你是這個國家的國王？你好呀！怎樣？這樣就滿足了嗎？」

初次見面的列德亞克國王，他的灰色頭髮向後梳，轉動也是灰色的眼珠看著艾爾莎。

雖說是庫羅狄亞斯的父親，兩人卻不相像。相對於庫羅狄亞斯的俊俏，國王則如同武夫似的，表情嚴肅。

長期統治這個國家的他滿臉愁容，但是這似乎不是只針對艾爾莎如此。

艾爾莎自然地縮了縮下巴。歐莉葉特的手雖已放下，艾爾莎卻沒想過要離開，正確來說，是沒能離開。艾爾莎的喉頭作響，似乎顯得畏懼。

這是她出生以來第一次看見國王。艾爾莎覺得很荒謬，她身為一個公主，第一次和一位國王面對面，卻是她嫁了過來的他國國王。

在王位上的國王緩緩張開了嘴說：

「我聽說嫁過來的維恩提奴……」

他的聲音有如岩石崩裂般低沉響亮。

「失去了語言能力。」

艾爾莎握緊了雙拳。她的手掌流汗，肩膀顫抖。儘管如此她還是瞪著國王，臉龐僵硬地對他微笑。

「真傻。你們也被那個騙子騙到了。我不是失去了語言能力，是被那些占卜狂們奪去聲音罷了！」

聽著自己聲音的回音，比任何人都受到自己聲音的鼓舞。彷彿要甩開迷惑以及恐懼似的，艾爾莎繼續口吐惡言：

「你還以為我是悲哀又不幸的言無姬嗎？笑死人了。我告訴你在母國人家都怎麼叫我吧。棄兒艾爾莎，要不然就是維恩的毒吐姬！對，我的嘴裡說出來的都是惡毒的話和詛咒！所以一出生就立刻被丟在陋巷裡，這次是被丟到這個國家來。跟你說聲對不起喔，列德亞克對維恩來說根本就和垃圾場沒什麼兩樣！」

灰髮國王面對她的大吼大叫，連眉毛動也不動一下，在一陣沉默後說：

「……妳的母親怎麼了？我聽說長久以來，維恩的議會分成兩派啊。」

「哈」地一聲，艾爾莎高聲嘲笑。她笑得僵硬而黯淡。

「要問我政治上的事根本就是白問了，因為我根本就不懂。更別說要問我母親是誰！你們王室的人總是立刻這麼說。雙親是誰？血統如何！你認為優秀的人不會生出無能的後代吧？當然囉——」

她用下巴向國王，以及站在一旁的王子示意，並且說：

「愚鈍的人應該只會生出愚鈍的人啦。」

灰髮國王似乎感到疲憊，閉上了眼睛。

「……別說了，退下吧。」

國王對艾爾莎彷彿放棄卻又寬容的處置，對她來說只感受到了屈辱。

「只要我退下就好嗎？這種國家我隨時都可以走人！你要我受磔刑*註1或斬首我都不怕，儘管來呀！我要一併詛咒這個國家和那個占卜狂的維恩，詛咒到國家滅亡！」

然而國王卻沒有理會她的吼叫聲，他甚至不再看著艾爾莎。他唯獨注視著佇立在一旁的兒子。

「庫羅狄亞斯。」

「是的，父王。」

王子聽到國王的呼喚，向前踏出一步。國王以簡短的話詢問身體瘦小的兒子：

「你想不想說點什麼？」

庫羅狄亞斯面對國王沉重的問話，笑得非常開心，開心得不合這樣的場合。

註1　使人肢體四分五裂的酷刑。

「只要能得到您的祝福，就已是我不可多求的幸福。她絕對就是我日夜盼望的此生伴侶。」

艾爾莎用力咬著牙，牙齒被磨得吱吱作響。不符毒吐姬的名號，她不發一語；但是她的眼神比嘴巴要雄辯得多，嘶喊著一切的毀滅。

這天，在晚餐之後上桌的不是可可，而是紅茶。艾爾莎稍微歪了歪頭，粗暴地攪拌混入一旁的糖蜜和牛奶。

從第一天的夜晚，她就沒有改變過待的位置。在暖爐前的椅子上她抱起了腿，身體因肚子飽足而沉重，她調勻了呼吸。

在房間裡，和她坐在一起的也依舊只有庫羅狄亞斯。對歐莉葉特和國王，以及自己的現狀謾罵咆哮的話，早已在晚餐時說膩了。不論她說什麼，庫羅狄亞斯也只微笑以對，因此只有艾爾莎感到疲倦。

至於用餐的禮儀，艾爾莎覺得被女侍們伺候很麻煩，所以吃相也稍微穩重了一些。

這是一個靜謐的夜晚，庫羅狄亞斯稍微隔了點距離坐下，默默地看著艾爾莎好一陣子。然後，將紋路清晰豔麗的雙手在腹部交叉，如同自言自語一般說：

「妳的國家應該是有兩種勢力存在。」

艾爾莎保持著啜飲的姿勢，沒有抬起頭來。雖然她知道庫羅狄亞斯應該不期待她的回話，她依然還是開口：

「松鼠派和老鼠派吧。」

她喃喃說道。

「什麼？」

庫羅狄亞斯似乎驚訝不已，挑起眉來。艾爾莎以鼻子悄聲哼了一聲作為回答，流暢地繼續說：

「就算我不是公主，是一個在陋巷中生存的人，這點我還懂！這本來就是大家拿來當下酒菜的笑柄呀。長久以來以貪汙的哈利斯侯爵為首的，是松鼠貴族們；陋巷出身的是老鼠達達宰相。雙方彼此爭奪權利和財產，扯對方的後腿是每天的家常便飯。他們對國王諂媚奉承，政治根本就停滯不運作，大家都知道這些呀。」

知道卻沒有回答，是因為那灰髮的國王很令她不爽。

現在的狀況當然也讓她很不開心，但是她不希望被庫羅狄亞斯認為她是一個連傳聞都不知道的傻瓜。

當然，不管是聽了什麼樣的傳聞，也無從知道艾爾莎的母親到底是好幾位王妃之中的哪一位。但她確實沒有想過要弄清楚到底是誰。

庫羅狄亞斯十指交握著，緩緩地從椅子上探出了身子。

「妳知道占卜師們支持哪一方人馬嗎？」

「占卜師幾乎都是松鼠貴族們從小培養出來的。不過，最近新上任的占卜師長老的女兒，成了陰溝老鼠的妻子……」

艾爾莎自然而然地說到這裡，忽地感覺到自己的發言，似乎正敲打著某扇記憶的門扉。她閉上了嘴。

（宰相閣下，和微笑的女人？）

在她要挖掘起記憶之前，她發覺到庫羅狄亞斯以認真的眼神往這邊看過來。艾爾莎感到一陣刺癢，甚至轉而為更憤怒的情緒，她將杯子用力放了下來。

「無聊，聽我說我們國家的事有什麼樂趣！」

她粗暴地挽起頭髮說著，庫羅狄亞斯聽到她的話微微一笑。

「……嗯。」

不知道他到底做何感想。庫羅狄亞斯慎重地轉著自己的杯子說：

「我可以問嗎？妳說被丟在陋巷是——」

「就是字面上的意思。」

艾爾莎狠狠地說，又像因此而甩開了什麼似的，終於肯將赤裸的雙腳從椅子上放下伸直。然後在自己的膝蓋上托著腮，瞇著眼睛看著暖爐中微弱的火焰說：

「在我出生的時候，星之神的神諭說我的出生就是凶兆。說是有找人託育，但是陋巷中的老人也很快就死了。我那時還不到十歲。」

她說出口的那一剎那，感覺到刺鼻而濃烈的死亡味道。她知道那根本就是幻覺。艾爾莎似乎要搪塞似地用指尖撫摸垂在頸部的星石。

她原本把對於死者的記憶，蓋上沉重的蓋子收藏在心底深處的箱子內，不想再打開的。

『別說話。』

她已經不記得老人的臉和名字了，但是老人所說過的這句話依舊活在艾爾莎的心裡。正因為如此，就像是要抗拒這句話似的，艾爾莎無法不開口說話。

「然後，我穿得破破爛爛，在快要倒塌的破屋像個乞丐一樣餓著肚子過日子。和附近的人也處得不好。不管是誰都又笨脾氣又差，當然啦，也有些傢伙是站在我這邊的

──」

艾爾莎喃喃地說著，突然胸中湧起了一絲懷念之情。

她的腦海裡浮現幾張臉，然後又消逝。

艾爾莎的絕技，就是站在一群喝酒並且猥瑣笑鬧喧嘩的男人面前，惡毒地咒罵貴族與占卜師，以及皇室腐敗的政治。在陋巷受虐的人們情緒因此大為高漲，施捨給艾爾莎不少零錢。

回想起來，如同占卜師所占卜出來的結果一樣，艾爾莎的確是毒舌的毒吐姬。說出無數侮辱國家的惡毒言語。

『妳或許覺得可以每天靠這個賺錢維生就好了……』

艾爾莎的腦海裡浮現出了以前在陋巷的記憶。約瑟夫以喝醉了酒，話都說不清的口吻說道：

『妳這個樣子，如果一旦要回到城裡，到底怎麼辦啊？』

艾爾莎嘲笑著回答他：

『你要發酒瘋也要適可而止啊，約瑟夫。什麼叫做一旦要回到城裡呀。難道會有救我這個毒吐姬的王子出現嗎？那個腐敗的城裡，哪會有毒吐姬可以回去的地方？』

約瑟夫不愧是受僱於酒館，他的酒量好極了。他在人前顯得疲憊不堪而出醜，也就只有那麼一次啊，艾爾莎心想。

喝得爛醉的約瑟夫將他堅硬、沉重而且巨大的手放在艾爾莎的頭上，這種問題他也只問了這麼一次：

『如果真的有地方可回，妳會回去嗎？』

我才不要，艾爾莎笑著回答。反正我是棄兒艾爾莎呀，你胡說些什麼。她說話速度極快，滔滔不絕地說。

約瑟夫的眼神望著不在這裡的某處。艾爾莎不明白他到底是想著什麼而說出那種話。

艾爾莎看著喝醉的約瑟夫感到訝異，她嘲笑他，同時為了不甘心的情緒握緊拳頭。這一切，艾爾莎都記得。

與其在沒有記憶的城裡求得棲身之所——

就算只是那個陋巷，自己也想在某人的身旁，求得屬於自己的地方啊。

她用力地握緊了星石，彷彿要把自己沒有結果的想法握碎。然後，艾爾莎像要甩開什麼似的口吐惡言：

「我周遭根本都是無聊的人渣們。而我也是人渣之一。」

一切都是那麼地絕望。

艾爾莎心想，不知道現在大家都怎麼樣。沒有告訴任何人，她就被擄走，離開了那條街，離開了那個國家。

他們大概都還活著吧。和艾爾莎毫不相干地，只是各自活著吧。艾爾莎自己想出了答案。

說不定盛傳著毒吐姬嫁到異國的事。但那又怎麼樣呢？也只不過是在喝酒的場合上成為話柄，說那棄兒也還真有一手罷了。如果換做自己站在他們的立場，也一定會如此啊。

艾爾莎沉默了下來，庫羅狄亞斯注視著她的側臉，緩緩地閉上眼睛，靜靜問她：

「——那麼，妳在那裡是可憐的孩子嗎？」

面對他出乎意料之外的問話，艾爾莎抬起頭來。庫羅狄亞斯似乎也不求答覆，他茫然地望著遠方。

庫羅狄亞斯察覺到艾爾莎的視線，他回過神來望著她淺淺一笑。然後從椅子上坐直了身子，慎重地開口：

「我是沒有被遺棄……」

他說話的眼神和耳語的聲音，非常溫和。

「但是，我從出生後有很長的一段時間，被隱藏起來不敢公諸於世。」

艾爾莎並不開口，僅用強有力的眼神表示了她的疑惑。

庫羅狄亞斯將自己的手重疊，他的手上浮現著花紋。他交叉起他的雙手，那被稱做是異形的四肢，並且說出自己被幽禁的理由。

「因為我是受詛咒的孩子啊。我的出生讓母親死亡，雙手雙腳又醜陋變色，無法動彈。」

艾爾莎嗤之以鼻似地輕輕嘆了口氣，喃喃地說：「你現在不就在動嗎？」庫羅狄亞斯伸展了他的手臂，張開手說：

「這不是我的力量唷。正確地說，是我在命令自己去動，但是讓我動的不是我的肌肉力量，而是夜之王的魔力。」

艾爾莎仔細地盯著庫羅狄亞斯的四肢，推敲他所說的是真是假。到底他說的話哪些是真話，哪些是詩人的傳說呢？

王國列德亞克周邊廣布的黑暗幽深森林之中，據說住著可怕的魔物，並且有統帥該森林的魔王。

人們心懷畏怯地稱呼該魔王為「夜之王」，他應該是厭惡人類的，卻對列德亞克的王子，給予了魔物的祝福。

艾爾莎心想，那是因為他的手腕有異形的印記，才會有那些傳聞。但是，庫羅狄亞斯撫摸著自己的手，咬牙切齒地說：

「妳聽說過的傳聞也許很美，但是，我們……真正的我們是很愚蠢的。」

藉由歌謠越過國境的那些故事，絕不是幻想出來的詩歌而已，而他似乎要證明這一切似的，對艾爾莎笑了一笑。

「……艾爾莎，妳的聲音也在被這雙手碰觸之後恢復了吧？夜之王的魔力是很強的，強到可以彈開人們所施的法術。」

艾爾莎無意識之中將手放在自己的喉嚨上。的確，庫羅狄亞斯所伸出的手，在她的體內發生了某種作用，解放了她被魔法封起來的聲音。

「你能動真的是靠魔物的魔力嗎……？」

她以輕蔑的僵硬笑容問庫羅狄亞斯，他「嗯」地輕輕點頭承認。

「所以說，如果離這個國家太遠，我的手腳就會無法動彈。說真的，妳要嫁過來的事確定後，我本來想去迎娶妳的。」

艾爾莎用試探的眼光，看了看表示歉意的庫羅狄亞斯。

夜之森的魔王，還有相關聯的一堆「真昼姬」的故事，在維恩也廣為流傳，是和列德亞克相關的詩人所吟詠的詩歌。

這不僅被傳頌成是聖騎士的英雄故事，以及魔物之王祝福人類王子的故事。在某些地方，也被當作是一位公主所造就的奇蹟。

然而不管是哪一種故事，艾爾莎本來都認為那不過是詩人所捏造杜撰出來的。

「真是愚蠢！什麼異形的王子、夜之王，再加上還有真昼姬出現？」

夜之森的真昼姬。簡直是太過刻意杜撰出來的故事，傳說中她儘管被魔王所擄獲，卻只以她的光輝便融化了魔王冰凍起來的心。

如果真的有那麼一位公主，那她才是真正的怪物吧。艾爾莎想。

庫羅狄亞斯靜靜地微笑，試探似地歪了歪頭說：

「如果是的話呢？」

艾爾莎口吐惡言：

「那你不要娶我，迎娶那個真昼姬為王妃就好了呀！」

庫羅狄亞斯詫異地挑了挑眉毛說：

「要我娶角角為妻子？」

他的語氣並不是在述說故事的主角，而是清楚地回想起已知的事而喃喃自語。不管詩歌的真假如何，在他的心中「真昼姫」是活著的。要證實這個故事，充分足夠。

庫羅狄亞斯並且還輕輕地垂下纖長的睫毛，認真而平靜地說：

「我不能夠，再有更恬不知恥的念頭了。」

艾爾莎不明白他話裡的意思。庫羅狄亞斯的眼神似乎望著遠方。他繼續輕聲說著，像是自言自語似的：

「如果她選擇了不同的路走，一切也許就不一樣了。」

然後，他的視線注視艾爾莎。無意識中，艾爾莎肩膀顫抖，別開了胸膛。他綠色的眼珠無可逃避地望著她，清楚地向她表示：

「她選擇了自己要走的路，我也是……所以，妳也要走出自己的路。」

他說話的口吻很溫和，像歐莉葉特一般溫柔，充滿了體諒和疼惜。但是，正因為如此，艾爾莎不明白他話裡的含意，也不想去理解。

她像是喘著氣似地嘆了一口氣，從毛毯放開了手，站了起來。

然後，艾爾莎默默地背向他。

「晚安，艾爾莎。」

庫羅狄亞斯向她的背影說。艾爾莎沒有回答，進入寢室。

「……」

打開厚重的門扉，裡頭是寬廣的寢室。豐潤充沛的月光射入房間之內。這裡有厚重具彈性的毛毯，沒有皺摺的床鋪，精油芳香四溢的燭台。

還有，飢餓得以飽足。艾爾莎這麼想。

（這裡不是我的房間。）

然而，這個國家卻不是自己的國家。

她握住了掛在脖子上的星石，胸中吸入靜謐夜晚的空氣。

「這裡不是屬於我的地方。」

將這句話說出口，胸中似乎就燃起了火焰。

是啊，自己到底在做什麼呢。聲音和語言都已經恢復了，沒什麼好怕的呀。艾爾莎直直地抬起了臉龐。

夜晚又怎樣？魔物又算什麼。自己不也是魔物嗎？不也是一個吐露毒言的女孩子嗎？

她打開了窗戶，艾爾莎的房間在二樓，窗外有枝繁葉茂的庭樹和庭園。雖然庫羅狄亞斯口中說著被艾爾莎逃走就糟了，但是要從這間房間逃亡實在是輕而易舉，艾爾莎不禁笑了。

她脫下禮服，盡量披上方便行動的衣服後，將頭髮束成一束，拋開腳上穿的鞋子。

她只回頭看了一次。

回望向沒有人的房間，把她當作是公主歡迎她的城裡，國家，以及所有的人們，還有——

「再會了，王子。」

她止住了呼吸，將手搭在窗框上。

夜晚的風微冷，吸入肺裡，胸腔整個舒暢痛快。艾爾莎趁守門人交替的機會逃出城外，輕快地奔馳。

腳上的皮膚因為蹬在石板地上痛了好幾次，但是艾爾莎心想，這是自己活著的痛楚。身體因為穿梭在樹木之間，滿是擦傷，這讓艾爾莎的情緒更為高昂，彷彿自己的身體回來了。

要流血就讓它流吧，骯髒就骯髒個夠。

絕不再讓任何人阻止。

「活該！」

艾爾莎忍不住笑，滿臉笑容地在夜晚的道路上奔跑，她無法不說出口：

「我是自由的！」

哪裡我都能去，在哪裡我都能活下去，只要有我的聲音和話語。

「誰可憐了？」

她說著笑了。被新娘遺棄的王子實在是很可憐。

但是，比起娶自己為妃，這樣一定幸福得多了。對，他應該有比我更適合的妻子，有更適合的公主才是。

「哈哈……」

艾爾莎奔馳在馬車道上，半瘋狂狀態地笑著。然而，她伸手向胸口，卻抓了個空，她嚇了一跳而停下腳步。

「咦？」

原本泛紅的臉頰瞬間轉而為蒼白，她睜大眼低頭看自己的胸口，不停地抓著。
艾爾莎用力扯下掛在脖子上的銀鎖鍊，發現鎖鍊上的星石不翼而飛。
剎那之間她的頭熱了起來，滲出了汗。
「！」
她回頭看了看，凝視著她走過來的路。
「不見了！」
無意識之間所發出的聲音無力地顫抖著。
「不見了……」
她甩著束起來的頭髮，環視幾次周邊尋找，然而，卻找不到星石。
原本應該垂在胸前的綠色星石，到處都不見蹤影。
她的心臟亂跳，連吸一口氣都感到不自在。艾爾莎緊握著衣服前襬，搖了搖頭。
她命令自己要鎮定。艾爾莎告訴自己，只要依著走過的路應該就找得到，也許是從樹上爬下來時鉤在樹上吧？現在回去找應該就找得到啊。她仰望著城堡，離城堡還不算遠。然而——
不是這樣的，她搖了搖頭，狠狠地咬著牙。

應該沒有這個必要。

「那種東西！」

只要離開維恩一步，那塊石頭就毫無價值了。就算放在母國，也不會有金錢上的價值，那不是可以買賣的東西。只是每個人都有那麼一塊石頭，就像是每個人擁有名字一般，擁有石頭罷了。

石頭並沒有價值，也沒有力量。

「我不要了。」

她不是說給誰聽，喃喃說出口的聲音顫抖著。這股顫抖令她厭惡。

艾爾莎自問自答；不是不管哪裡都要去嗎？不管在哪裡，不是都要生存下去嗎？那麼，那種石頭該由自己捨棄才是啊。

只要沒有那種石頭……對，只要沒有那種石頭，就不會被占卜師們發現，說不定也根本不用來到這種地方。

「我不想要那種東西了！」

那是詛咒的石頭，應該要丟棄的。向前跑吧，別回顧了。丟下石頭，丟下名字——明明是這麼想的。

艾爾莎直接蹲了下來，彷彿要忍住顫抖似的，用力握住自己指甲差點就要剝落的指尖。

背對緩緩發白的天空照射的光芒，庫羅狄亞斯並未沉睡，而是坐在床上。

這裡不是自己的房間，而是艾爾莎的房間。在燭臺燈火熄滅的房間裡，他看著她脫下丟在一旁的禮服、鞋子，以及稍微凌亂的房間地板。他動也不動，也不呼叫傭人，只是待在那裡。

從打開的窗戶外頭，傳來樹木搖曳的聲音。他為那聲音緩緩地回過頭來。

然後，瞇起了他淡淡顏色的眼睛。

艾爾莎順著樹枝越過窗框進入房間裡，一臉疲憊。她原本束起來的頭髮鬆開披散，衣服也髒了。手指和腳趾尖滿是泥土，紅色的眼珠避開庫羅狄亞斯的視線看著地上。

庫羅狄亞斯吐著氣，只有他吐氣的聲音在房間內作響。然後他站了起來，催促艾爾莎坐在床上。

艾爾莎慢吞吞地坐了下來，在自己的膝蓋上撐著手肘，用骯髒的手覆蓋自己的臉龐。

「…從窗戶進出是維恩的習慣嗎？」

庫羅狄亞斯柔聲問道，卻得不到答案。庫羅狄亞斯看到艾爾莎的手上纏著銀鎖鍊，不禁皺了皺眉頭。

「項鍊怎麼了？」

「……」

艾爾莎蓋住臉搖了搖頭。庫羅狄亞斯輕聲嘆了一口氣，迅速地說：

「我立刻叫人幫妳找。哪一條街？」

「不需要。」

艾爾莎回答得很快。

「我丟掉了。」

她以沙啞的聲音拒絕了他，然而這卻並未讓庫羅狄亞斯認同。

「那麼，妳為什麼把鎖鍊看得那麼寶貴，握在手裡不放呢？」

艾爾莎覆蓋在臉上的手指顫抖，指尖又使了分力。

庫羅狄亞斯打開門扉出去後，又立刻回來，而艾爾莎卻動也不動。庫羅狄亞斯此刻手握著水壺和乾淨的布塊。

然後他屈膝在艾爾莎的腳邊，伸手摸著她纖細的腳踝。

「！」

艾爾莎嚇了一跳，這才從她的手掌中抬起自己的臉龐。

她看到了庫羅狄亞斯細細的髮絲，圓圓的頭，頭上的髮旋。

「可能會有點刺痛喔。」庫羅狄亞斯低聲說著，用沾溼的布塊擦淨艾爾莎的腳。艾爾莎為這樣的感覺屏氣凝神，緊緊地握著床上的被單。

黯淡的光線之中，彷彿要從滲著血絲的腳趾甲除去泥巴似的，庫羅狄亞斯仔細地擦拭著。

艾爾莎咬緊了牙。

她想用自己骯髒的腳，一腳踢開跪在自己腳邊的他。然而她的身體實在是過於沉重，使不上力。

面對庫羅狄亞斯仔細、溫柔，充滿疼惜的舉止，是痛，也是羞愧，更是難堪。

因為太難堪了，她幾乎想要哭出來。

「你不問我嗎？」

艾爾莎彷彿要甩開胸口的鬱悶，用嚴厲的聲音說：

「不問我去了哪裡，還有我正要去哪裡嗎？」

「我當然希望妳告訴我呀。」

面對艾爾莎的凶狠，庫羅狄亞斯的聲音微弱。他垂著眼喃喃地說著，緩緩站起。即將黎明的曙光映照在他的側臉上。他直直地低頭注視著艾爾莎，誠摯地說：

「妳要去哪裡呢？如果可以的話，找個時間再告訴我吧。」

艾爾莎的臉龐因為苦楚和悔恨而扭曲。

庫羅狄亞斯從她扭曲的表情別過視線，這也是出自他的溫柔吧。

「……我一定會找到妳的石頭。」

庫羅狄亞斯說完，正要走出房間的時候，艾爾莎高聲喊叫：「你等等呀！」

她繼續說：「我不是說我不要那種東西嗎！如果沒有那種東西，我就不會在這種地方了！如果我不是這樣出生，那種石頭就不會是我的東西了！我才不相信占卜！我才不要星石！」

就算是要遷怒，這些話語也是差勁得可以。但是她又不得不說；不說出口，她簡直就要崩潰了。

她不想在這種地方，單獨一個人崩潰，尤其是她現在知道不可能離開去別的地方。

庫羅狄亞斯止住腳步，背對著艾爾莎說：

「……我不知道那塊石頭在妳的國家扮演什麼樣的角色，維恩的信仰對我來說很陌生。」

他回過頭，瞇起和艾爾莎遺失的石頭同樣顏色的眼睛，平靜地說：

「但是，我有看著妳。」

艾爾莎——他呼喚著，聲音非常溫柔。他和她的年齡相去不遠，卻以說給小孩子聽似的語氣說：

「……妳只要感到不安，就必定會握住那塊石頭。」

而後庫羅狄亞斯再度向艾爾莎道了晚安，頭也不回靜靜地走出房間。

留在房間裡的艾爾莎望著自己被擦拭得乾乾淨淨的腳趾頭，反覆地看。她又用雙手覆蓋住臉龐，閉上了眼睛。

她原本以為自己會哭出來，但是她實在是筋疲力盡。

連眼淚都流不出來。

第五章

維恩的毒吐姬

房間中傳來陶器和金屬相碰的聲響，刺痛了耳朵。

「我不是說我受夠了嗎！」

艾爾莎用手掌拍桌子，大聲嘶吼。

「就算是妳受夠了。」

歐莉葉特和她相持不下，交抱著雙手吐氣說：

「我們可不能放著妳不管。」

在旁人眼中極為美麗的兩個女人間相互爭執，一旁的女侍們以不安的表情看著她們。

從艾爾莎來到列德亞克開始生活之後，每天都是這個樣子。

在列德亞克的生活，和維恩的日子相似卻又有所不同。聖劍巫女歐莉葉特為了教導艾爾莎列德亞克特有的禮儀，每天都和艾爾莎一起度過。

這天，艾爾莎也被逼著在她面前用完遲來的早餐。面對歐莉葉特詳盡指示禮儀，艾爾莎終於將刀叉和早餐扔在一旁。

「我受不了了！我到底要配合你們被要到什麼時候啊！」

艾爾莎揉著白色的餐巾從椅子上站了起來，歐莉葉特站在她面前。

「這是為妳好呀，維恩提奴。」

「我就說我不是公主，到底要我說幾次妳才懂！」

艾爾莎以高亢的聲音吼叫。

歐莉葉特有著溫和的舉止，卻是一位嚴格的教育家。艾爾莎每每聽到她的訓斥，便會想起在維恩的生活，內心激烈地發生衝突。

明明知道已經不是在過那樣的生活了，然而記憶卻抹滅不去。

因為憤怒染紅雙頰的艾爾莎，彷彿要與歐莉葉特爭辯似地說：

「在這裡吃免錢飯，就必須學會你們說的禮儀什麼的嗎！是喔，不愁吃喝光是睡覺的人們，還真喜歡花時間在愚蠢的事上呀！」

「光是在睡覺？是誰過得這麼舒服？」

面對艾爾莎的惡言相向歐莉葉特毫不畏怯，裝模作樣地用手遮住嘴角微笑著。

「現在開始我要妳學會這個國家的禮儀。用完餐後，接下來要讀書喔。」

歐莉葉特將手伸向身邊的書櫃，拿起厚重的皮革封面書。

「首先從這個國家的歷史開始，好嗎？」

艾爾莎看著她遞過來的書本封面，臉龐扭曲。

「嗚！」

她將書摔在地板上，咬緊牙根呻吟：

「……不懂。」

艾爾莎平日聲音極為響亮，此刻她卻語不成句。歐莉葉特窺視著她的臉龐。

艾爾莎扭曲著臉，大發脾氣似地吼叫：

「我說我不會讀書，也不會寫字呀！字算什麼！」

歐莉葉特在那一剎那之間無話可說，挑起了眉毛。而她的驚訝更讓艾爾莎憤怒，艾爾莎心中湧起類似殺意的憎惡。

再怎樣嚴格的教育以及訓斥，都不曾像此刻燒灼艾爾莎的胸膛。她會感到訝異是理所當然的。

一個國家的公主連字都看不懂，是她始料未及的；維恩的占卜師們教了艾爾莎禮儀，卻沒有教她認字。

理由很簡單。文字就是語言，他們擔心透過語言她會口吐惡毒的話。

艾爾莎咬牙切齒，想著到底是為什麼。

這裡有填飽肚子的食物，觸感良好的衣服，溫暖的床鋪。明明有這一切，她卻感到難堪。

「我要出去！反正、反正我不適合這種地方！」

非得說出這種話的自己，是多麼悲慘難堪。

艾爾莎的手無意識地伸向自己的胸口。然而，那裡只有鎖鍊罷了，艾爾莎的星石不在那裡。

她根本就不想待在這種地方，卻哪裡也不能去。

歐莉葉特的手搭在激昂喊叫的艾爾莎肩頭。

「——讓我們開始學字吧。不要緊的，永遠都不嫌晚啊。」

艾爾莎滿懷焦躁地拂開她的手。

「別碰我！」

艾爾莎吸了一口氣，她的胸口膨脹，彷彿裝滿了空氣。艾爾莎指向對方的胸口，放話說：

「妳有什麼權利照顧我，命令我？別碰我！聖劍的巫女？根本就是賣淫的魔女嘛！要不然就是為了莫名其妙的東西，捨棄了孕育能力的娼婦！」

她磨利了言語之刃斬向歐莉葉特。歐莉葉特很和善，她有美麗的側臉，閃亮的頭髮，柔和的聲音，也許是舉止溫文儒雅的淑女。然而，艾爾莎認為這個女人是魔女。艾爾莎知道被稱呼為聖劍巫女的她，本來應有的責任。

身為巫女的女人，必須和聖劍一起被奉獻給騎士，也就是和貢品沒什麼兩樣。似乎要印證這件事似地，她——無法孕育孩子。

「什麼百年好合的夫婦，妳是賣身給聖騎士吧！妳就繼續在我不知道的地方出賣妳的身體，過著幸福的日子就好！但是妳別叫我也為了食物出賣我的身體！」

面對滔滔不絕氣勢洶洶的話語，歐莉葉特臉色不改地垂下眼睛，微微地搖著頭。

「好久沒有人對我說這種話了。」

她低聲說著，幾乎近於吐氣一般；艾爾莎彷彿失去了目標似的，游移著視線。

「什麼嘛。妳要生氣就生氣呀。」

聽到她低聲說著，歐莉葉特柔柔地笑了。然後張開手掌，像唱歌一般向她說：

「為什麼？妳是棄兒毒吐姬，我是騎士的玩物。面對真話何必憤怒抓狂呢？人要活下去必須先承認這些，被人所愛或者愛人都是克服過這些才能談論的唷。」

這些話艾爾莎聽不進去。然而，像是要對她無法理解的話找個出口似的，她吐著氣說：

「妳這番聖人君子的言論真是叫人感動得要流淚呀！那是你們沒有餓過肚子、不曾受凍過的人才說得出來的話啊！」

艾爾莎瞪著地板，聳了聳肩。

「這個國家的笨蛋王子難道想娶我這種人為妃？是喔是喔，或者是因為他手腳醜陋，所以根本就找不到結婚對象？」

原本不為任何話所動搖的歐莉葉特，表情開始顯得黯然，看得出她正感到困擾。

「……怎麼辦才好呢？」

她將白皙纖長的指頭按在自己的臉頰上，喃喃自語：

「我不知道要怎麼說，妳才不會受到傷害。」

她的話讓艾爾莎又想破口大罵。歐莉葉特抓到瞬間的空隙笑著說道。

「也是呢。」

歐莉葉特聲色飄忽，低聲柔和地喃喃說：

「的確，狄亞是沒有餓過肚子，也沒有受凍過，但是這也不該是妳能對他破口大罵的理由。」

艾爾莎認為歐莉葉特這些話是在譴責她。她本來想開口抗辯，但是歐莉葉特的笑容擁有阻止她開口的力量。

「要不要去參觀一下？」

「嗄？」

艾爾莎以為自己聽錯了。然而歐莉葉特將拾起的書本放回書櫃裡，輕快地說：

「我們去參觀狄亞的工作吧，禮儀和讀書延後也無妨呀。妳該多知道有關狄亞的事情。」

「妳到底在說什麼？」

艾爾莎懷疑歐莉葉特精神是否正常，快嘴快舌地說，然後嘲笑她。然而歐莉葉特邁出步伐，回頭望向艾爾莎，只顧瞇著眼睛微笑。

「我不會要妳不准走出去。但是如果妳現在逃亡，妳也只是逃避現實罷了。至今為止，還有從今以後都一直會是這樣喔。」

然後，歐莉葉特背對著她走了出去。她不再回頭，彷彿艾爾莎理所當然會跟過來似的。艾爾莎為她這種態度打從心底感到憤怒，但是——

「誰逃避現實了——到底誰……」

艾爾莎扭曲著臉龐，追隨歐莉葉特的背影踏出了步伐。

雖然歐莉葉特說要了解庫羅狄亞斯的工作，很不湊巧地他卻不在執務室。循著他的腳步，發現他人在王城的中庭。

中庭傳來木製假刀撞擊的聲音。穿著正式騎士團服裝的騎士，和庫羅狄亞斯正在相對練劍。

「哎呀，劍術……」

歐莉葉特大失所望似地出聲。即使她不再說些什麼，很容易就能知道她並不太喜歡這樣的鍛鍊。然而，艾爾莎的視線直直望向他們，沉默不語，只是緊緊盯著他們的樣子。

庫羅狄亞斯手中所持的木劍細到彷彿一踩就會斷。和擺放在一旁的幾把劍比較起來，他手中的木劍格外細長，相擊發出的聲響也大。

他高聲喊叫揮劍，騎士接招後又滑開。雙劍揮舞時相互輝映，簡直就像舞蹈一樣。

「……」

艾爾莎交抱著雙手認真地注視兩人的劍術，在看到庫羅狄亞斯和騎士揮劍敬禮之後，突然動了起來。

她的手抓住眼前的柵欄，身輕如燕地一越而過。

「艾爾莎！」

因為她出乎意料之外的舉動，歐莉葉特將手搭在柵欄上探出身子。

然而艾爾莎卻不停止動作，將手伸向擺在一旁的木劍；她用雙手抓住木劍，用力掄起劍直舉過頭。

「咦，艾爾莎？」

庫羅狄亞斯發出訝異的聲音。他睜大眼睛以反射動作接招，木劍發出比之前都要微弱的聲響。

騎士們也為了她突然地闖入而驚惶失措。突然向王子揮劍根本就是反叛行為，但對方只是一個穿著禮服的少女。

而且，還不是別人，是嫁給這名王子的公主啊。

艾爾莎抓住木劍趁隙而入，又用力向庫羅狄亞斯高舉揮劍。

「！」

庫羅狄亞斯用手扶在細劍的劍背，接下這招。

艾爾莎嘟起嘴，「嗶」地吹出了口哨，顯得相當沒氣質。

「艾爾莎！」

艾爾莎無視歐莉葉特制止的聲音，咧嘴笑了。

「這個我很行的！」

艾爾莎使的劍並不是受過訓練的劍法，也稱不上有巧妙的技術。她的劍根本就是向看上她的男人學來的打架招數。連刀刃的方向也不甚在乎，幾乎近於棒術。

「啊，根本就是亂來！」

庫羅狄亞斯對艾爾莎的蠻幹使劍感到不耐煩而生起氣來，他抱怨一聲，輕巧地格開艾爾莎的劍，用細木劍敲擊艾爾莎的劍柄。

「哇！」

艾爾莎順勢向前倒在中庭的地上，她用一隻手撐住，最後還是在地面上摔了個跟斗。

庫羅狄亞斯感到困擾似地嘆了一口氣，試圖轉過身來面對摔在地上的艾爾莎。

「艾爾莎，妳——」

「唔！」

但是，艾爾莎在接下來的那一剎那抓起地面上的砂子，擲向庫羅狄亞斯的眼睛。

「！」

庫羅狄亞斯因為她突然的舉動而閉上眼，趁著這個機會，艾爾莎的劍直取庫羅狄亞斯的頸項。

「……」

庫羅狄亞斯蒙上一層砂塵之外又被劍抵住，他一副不知怎麼辦是好的樣子，從艾爾莎的頭頂一路望向她的腳尖。

而艾爾莎則拋下木劍，坐在地上拍手。

「我贏了！」

然後緊緊握住拳頭，大笑不已。

「我贏了唷！你是大少爺，所以只能揮動那種像玩具一樣的劍啊！」

艾爾莎說著，沒禮貌地指著他；庫羅狄亞斯仍舊以優美的動作放下劍來，輕輕地嘆了一口氣。

「艾爾莎。」

他小聲呼喚著，並不帶著憤怒以及困擾，然而語氣中卻有少許請求。庫羅狄亞斯緩緩地搖了搖頭，接著伸出手來。

「妳不該拿劍的。那不是妳的工作。懂嗎？」

艾爾莎依然坐在地上，不禁用力皺起了眉頭。

她用表情告訴他不懂他話裡的意思，並且用滿是沙子的髒手拒絕了庫羅狄亞斯伸過來的手。庫羅狄亞斯看著艾爾莎自己彎曲了細瘦的腿，用粗暴的舉止站起來，微微地笑了。

「不過，太好了。」

艾爾莎抬起了臉，在還來不及詢問他之前，庫羅狄亞斯的話便出口：

「看到了妳的笑容。」

為了這句輕聲、溫和，不是在說謊的話，艾爾莎彷彿斷線一般一臉茫然。她感到憤怒、生氣，覺得愚蠢而想要嘲笑；她被這一切混沌所吞噬，不知道該有怎樣的表情。

在艾爾莎想著怎麼做回答之際，有城裡來的人奔向庫羅狄亞斯身邊向王子耳語：

「庫羅狄亞斯殿下，原本約定下午謁見的歐德塔侯爵堅持要提早……」

「我知道了。告訴侯爵，我立刻過去。」

庫羅狄亞斯點了點頭，同時轉身而去。他不向艾爾莎打招呼，頭也不回就直接進入城裡。

「哼……」

艾爾莎想用骯髒的手擦拭臉龐，卻被一把抓住手腕。

「鬧得還真大呀。」

歐莉葉特嘆息的臉龐就在附近，艾爾莎扭過身子對她說：「放開我。」

「騎士團的團員們被妳搞得驚惶失措呢。稍微克制一些好嗎？我是不是要從靜止不說話開始教妳呀。」

她用絲絹的手帕仔細地擦拭著艾爾莎的手。這樣的觸感讓艾爾莎感到不舒服，艾爾莎彷彿發脾氣似地拂開了她的手。

「我不是叫妳不要碰我嗎！反正我從出生就是給人家看著取樂的！我根本就不想給人觀賞受人嘲笑，難道還要叫我像個娃娃一樣笑給人家看嗎！」

「是啊。」

歐莉葉特的回答如水一般冰冷無情。

「是啊。妳不明白嗎？連這個都沒有人教妳嗎？我們首要的工作就是要微笑啊。」

歐莉葉特黑色的眼珠安靜平和，直盯艾爾莎。她用了「我們」。不只是艾爾莎必須如此，巫女被規定要和聖劍共存亡，她對著被星象決定生存方式的公主說著，不是出自輕蔑，也不是嘲笑。

艾爾莎因此說不出話來。艾爾莎強烈感覺出對方認為理所當然的話語，不只是嘴上說說，而是源於她的經驗。

然而她的困惑也只是瞬間的事。「來，繼續吧。」歐莉葉特立刻恢復笑容，牽起艾爾莎的手說：

「歐德塔侯爵是負責統領列德亞克東北部的領主，他的血脈源於王族的分支。往後也會和妳碰面吧。妳不懂談話的內容也無妨，一起出席吧。」

「不……」

艾爾莎正要發怒，這次輪到歐莉葉特不放手了：

「這也不要，那也不要。妳既然是詩人謳歌的毒吐姬，要耍賴就找點更有說服力的話呀！」

打擾了，聖劍的巫女優美地向騎士團道別後，抓住毒吐姬的手，離開了中庭。

這裡是庫羅狄亞斯的執務室，在這間房間所舉行的會談絕不是溫和和睦的。

「我要向您報告幾次您才能懂呢，庫羅狄亞斯王子！」

統領東北區的領主歐德塔是一個剛邁入老年的男士，有著一張神經質的長臉。只有淡色的頭髮，能讓人看出與列德亞克國王以及庫羅狄亞斯有相同血統。

他凹陷的眼睛充斥著血絲，甚至沒有察覺到艾爾莎和歐莉葉特進入房間內。他坐在沙發上，向對面坐著的庫羅狄亞斯爭辯：

「我不是要見您，而是要謁見國王！丹德斯王既然已經年邁又患病，照道理說應該立一個代理國王呀。如果是我，能夠充分扮演好代理國王的角色——」

歐德塔只是一味地滔滔不絕訴說，如果由他來統帥這個國家將會有什麼樣的好處。艾爾莎對這些話的含意只是右耳進左耳出，然而她感受到腦裡彷彿遭到銼刀磨過般的不快，半邊的臉龐為之大大地扭曲。

正面面對他的庫羅狄亞斯別過視線，然而絕不是懼怕，他平靜地回答：

「不管您說幾遍，我的回答都是一樣的。由我來傳達給國王吧。」

連艾爾莎都彷彿聽得見歐德塔咬牙切齒的聲音。

「魔物王子已經以國王自居了啊。」

歐德塔擠出嘴的話，猶如緊握枯葉所發出的聲音。他的臉龐因為憤怒而泛白，他瞪著庫羅狄亞斯說：

「像你這種天生有缺陷的傢伙哪能承擔重任！那雙手和腳多麼汙穢不堪！原本你該在那北方的塔裡過一輩子的，卻悠然出現，根本就是王家的恥辱……」

「恥辱？丟臉的到底是誰？」

房間裡突然傳來的聲音，有如晴天之中鳴響的鐘一般鮮明。

「——艾爾莎。」

庫羅狄亞斯的視線絲毫沒有移動，只是低聲呼喚她的名字。歐莉葉特瞄了艾爾莎一眼，卻如同影子般站著，並不去阻止艾爾莎。

艾爾莎斜眼看著歐德塔，他因為驚訝而回頭望了過來。她大步走向庫羅狄亞斯的座椅，在椅子把手上坐了下來，翹起纖細的腳蹺起眼睛。然後，以響亮充滿生氣的聲音放話：

「我是不知道你到底把這個國家的國王想得多麼無能，但是至少我見過的國王，還沒病弱到會高興地拜託你代理國事呀。他的身體，還有頭腦都健康得很！你有多偉大，站在什麼樣的立場，能這樣命令這位王子？在這個國家，難道是愈年老就愈偉大嗎？喂，這位老爺爺，你就用沒學問的我能夠聽得懂的話來教我嘛！」

這對艾爾莎來說是如同打招呼般隨興的話語，然而只見歐德塔的臉漸漸脹紅，並且用乾枯的聲音吼叫：

「妳又是什麼人！」

庫羅狄亞斯此時站了起來說：

「我來介紹一下吧。她是艾爾莎・維恩提奴。婚禮還沒公開舉行，不過她將成為我的妻子。」

歐德塔聽到庫羅狄亞斯的話，睜開細長的眼。然後激動得顫抖著身子，向艾爾莎口沫橫飛氣勢洶洶地說：

「維恩的……是哦，就是妳！妳就是維恩的毒吐姬啊！別以為我什麼都不知道，我當初就覺得這場婚姻有問題。維恩的公主？妳這個渾身下賤只知口吐詛咒話語的討人嫌公主！妳是維恩那些占卜師們，想仰賴這個國家的騎士團和魔法師團而——」

「侯爵。」

插嘴的聲音很低沉。比之前聽過的庫羅狄亞斯任一種聲音都要深刻、沉重，而且嚴厲。

艾爾莎原本要用自己最惡毒的話語來迎擊，突然之間聽到這出其不意的聲音，她望向庫羅狄亞斯。

庫羅狄亞斯緩緩地重新坐回座椅上。將身體靠在椅子把手上，和艾爾莎坐下的方向相反。他依舊以溫和的臉龐看著歐德塔，然而他淡色的眼光銳利，他的聲音有如他灰髮國王的父親一般，平靜卻激昂。

「我當王子的確有不足之處，要蔑視這醜陋四肢也是你的自由……但是，如果你有侮辱我妻子的正當理由和資格，就請在這裡說清楚。」

庫羅狄亞斯張開了手，他的手連指尖都有紋路。他如此質問歐德塔，歐德塔為他的聲音震懾住了，額頭出汗不止。

「我、我只是為了這個國家著想……」

他的聲音明顯地透露出他的慌張，他的內心除了動搖，湧現的是困惑和膽怯。他從庫羅狄亞斯四肢得以行動以來，就一直觀察著這位王子。從未受過如此明確的責難，他還以為這位王子不過是躲在國王的威風後的一名弱小孩童罷了。

然而他現在卻毫不躊躇，並且無所畏懼地告訴歐德塔：

「我將成為這個國家的國王，她將母儀天下。侮辱她不就是侮辱了這個國家嗎？」

對無話可說的歐德塔，庫羅狄亞斯更是接著說：「侯爵，你說話該謹慎一些。」

像是要補充似的，他以低沉的聲音小聲耳語：

「您的母親嫁給領主時到底罷免了多少人，身為親生兒子的您，不可能毫不知情吧。」

這段話很明顯的是恐嚇。歐德塔呻吟似地吸氣，吐氣，然後轉過身子丟下話說：

「失禮了！」接著大步邁出房間。在穿過歐莉葉特身旁的那一剎那──

「……先是四肢，再過來連腦袋都不正常了。」

艾爾莎聽到他的嘀咕，挑起眉毛準備探出身子。

「艾爾莎，抱歉，讓妳感到不愉快了。」

但庫羅狄亞斯不由分說地，以溫和的話語率先打斷她。艾爾莎甩著一頭亂髮，回頭向庫羅狄亞斯爭辯：

「我的事根本無所謂！反正他說的都是真的！你這個笨王子，不只是我，連那種失禮的傢伙說那種話你都不當一回事嗎？」

庫羅狄亞斯被艾爾莎用著比剛才對峙歐德塔時還要更加強勢的態度指責，但他只是溫柔地鬆動眼角，淡淡地低語：

「沒關係。」

他淡色的睫毛低垂，彷彿在咀嚼自己說的話一般：

「不是什麼大事。」

然後他低頭俯視，緩緩地握起拳頭。他似乎在確認自己的指頭可以動似地，然後彷彿懷念而且疼惜地說：

「那些手腳無法動彈的日子——」

他從執務室遠眺北方的塔。

在那裡生活著，那些出生後便開始詛咒著世界的悠長時日。

「現在正在帶給我勇氣啊。」

他輕輕地閉上眼睛。他的側臉極美，彷彿要將痛苦與掙扎轉化為喜悅。

相反地，艾爾莎扭曲了臉。

我不知道，我不懂，她想。在這同時，她發覺自己根本就沒有思考過這件事。

雖然，她對自己的過去回想起過好幾次，然而——

四肢無法動彈到底是怎麼回事呢？不過因為他是王子，他是不是仍然比一般人得天獨厚，幸福得多了？是嗎？即使連那些侯爵等王室血親的人們，說他汙穢不堪；被迫不得出現在人前？

那些日子是可以被忘卻的嗎？

而且，是可以這樣被跨越的嗎？

庫羅狄亞斯回過頭來，不知道他是否察覺到了艾爾莎此時的困惑，他莞爾一笑問歐莉葉特：

「今天是來參觀我的生活嗎？」

「答對了。」

歐莉葉特回答，柔柔地笑了。

庫羅狄亞斯確認了日照情形片刻之後，分不清是認真的或是在開玩笑，「我會有點難為情呢」，他以輕鬆的語氣說。

「會談也沒什麼結果，今天的預定安排就……對了——」

他回過頭說：

「從現在起我想處理一些私人的事。」

他柔聲說道，然而他的話有著不容置喙的力量。

「安迪等一下也會到這裡。」

今天的天氣是這麼晴朗——他以如此微小的理由開口：

「去街上走走吧。」

庫羅狄亞斯微笑著，溫和地將艾爾莎從辦公室趕了出去。

歐莉葉特熟練地束起艾爾莎的頭髮，並且讓她穿上旅行的裝束，輕便簡單，看起來就像是一個出門旅行的少年似的。

然後，出現在面前的聖騎士牽起她的手，坐上馬車，來到街上。

她前往列德亞克的市場，街道上店鋪櫛比鱗次，人們熙來攘往。側耳傾聽，還聽得到從未聽過的異國語言交雜。

她剛到這個國家時也看到如此光景，然而從馬車走下來用自己的腳站在街上，和之前的印象又大有不同之處。

由安．多克推著她的背往前，艾爾莎視線游移到處張望。

充滿活力的市場氛圍和維恩的陋巷並不相似，艾爾莎心頭卻浮現起陋巷的生活。那裡的空氣更為乾燥，嘈雜喧囂。

「少爺！喔不不，小姐嗎？來點花怎麼樣？」

小販將白色的花朵遞向艾爾莎的眼前。

艾爾莎略顯遲疑，默默地搖頭拒絕，此時她聞到了花朵甜甜的香味。

用布束起長髮的高挑女人和她擦肩而過。明明知道不是那個人，她的目光卻忍不住追著她跑。

『這個孩子還真討厭呢，又把臉弄得都是泥巴。』

女人晃著長長的菸斗，使煙霧搖曳。她想起幫她擦拭臉龐的女人。女人的腿不良於行，走路時拖著腳，然而這又增添了她不可思議的性感魅力。說她是店裡的招牌，她也未免過於蒼老，不過仍稱得上是美麗的女人。她便是酒館的女郎梅莎麗。

『有什麼關係，反正我是棄兒艾爾莎呀。』

『可是妳要現身在人前吧，毒吐姬？』

梅麗莎拿起身邊花瓶中的一朵花，裝飾在艾爾莎的胸前。花朵稍顯枯萎已不鮮豔，和艾爾莎很相稱。梅莎麗的態度絕不強硬，冷言冷語的同時卻也讓艾爾莎在酒館有落腳之地。

當艾爾莎聽說梅麗莎要和約瑟夫結婚的消息時，她當下認為他們很相配；當然，她也嘗到類似憤怒無法釋懷的滋味。她的不愉快、嫉妒之情，到底是針對約瑟夫還是梅莎麗呢？

不管是針對誰，艾爾莎為了兩人即將成婚的事而心焦不已。

大概也是因為那兩人願意對艾爾莎敞開心扉，接納她吧。

「往這邊。」

安．多克牽起艾爾莎的手。他的手掌有硬繭，和他有如貴公子的站姿是那麼地不相稱。他的手是使劍的手，這樣的觸感又刺激了艾爾莎的內心深處，她的腦海裡浮現出另一個男人。

『喂，為什麼要照顧我啊？』

他們隔著盛湯的器皿相對而視。初次碰面時，約瑟夫還是一個年輕的青年，他飄然來到這條街上，身手被酒館的人看上，成了保鑣。

『別吵，小孩子別說話顧著吃就好啦。』

（我才不是小孩子！）

不單單只有自己是小孩子，這的確是事實。有許多小孩子沒有吃的，也沒地方可住。約瑟夫很照顧這些小孩，特別是艾爾莎。

她不明白到底是為什麼。

（喂，為什麼呀？）

她好幾次纏著他問理由，卻得不到她想要的答案。

喂，喂。

艾爾莎覺得自己真是個笨小孩。

——那時候到底希望得到他怎麼樣的回答呢？

艾爾莎像是要甩開回憶似地搖了搖頭，此時傳來安．多克的聲音：「妳的肚子餓了吧？剛好，那裡有間店。」

他的視線所及之處是人聲鼎沸的小攤子。大概是在烤水果，甘甜的芳香竄入鼻孔裡，她感覺到胃囊緊縮。

「很香吧？角鴞也很喜歡這個。」

安．多克彷彿很懷念似地瞇起眼睛說道。艾爾莎聽到他這麼說，無意識地喃喃自語：

「……角角。」

她的聲音微弱，安．多克卻似乎聽進耳朵裡。他回過頭，對著艾爾莎微笑。

「對，狄亞都叫她角角。妳聽說了角鴞的事嗎？」

「……不管是哪個傢伙，都對童話故事很著迷呀。」

艾爾莎快嘴快舌地說道，安．多克聽到她的話笑了起來。

「童話故事？嗯，妳也許不相信吧。她的確像是童話故事中出現的女孩子，但是她現在也是我們特別重要的孩子唷。」

安．多克用了「我們」。雖然艾爾莎不明白他說的「我們」到底指哪些人，但是她為無處發洩的焦躁感咬緊了牙根。

「那就是說她是大家都喜歡的公主呀，那個傢伙和那個公主結婚就好了啊。」

一切都無所謂，她想，卻為了自己在說這句話時用了更大的力氣而感到焦躁不已。其實她只需要如同詛咒占卜師一般，認為他們是白痴，嘲笑他們就可以了。

安．多克瞇起眼睛，眺望遠方。他喃喃地說：「成為狄亞的妻子啊。」聲音彷彿在疼惜過去的歲月。

他深深地嘆了一口氣，輕緩平靜地說：

「該怎麼說呢，角鴞很特別。我喜歡她，我的妻子更喜歡她，就像是在談戀愛一般喜歡她……對，狄亞也是。」

他小聲附加說明的話語，刺痛了艾爾莎的胸口，艾爾莎還不能明白到底這痛是為了什麼；她覺得她似乎知道這痛，但是又覺得真正的原因似乎是不可以去理解，去確認的。

安．多克溫柔地笑了笑，似乎用盡他所能說的話來教導她似地說：

「但是，那是因為我們知道角鴞有那麼一個她最喜歡的人喔。她眼裡始終看著那麼一個人，我就是喜歡她這個樣子。然後，我們也想為角鴞祈禱，祈求她的幸福。我們希望小小的角鴞能在自己選擇的地方，和她喜歡的人一起，成為最幸福的人。」

我想為她祈禱，那就是我們的愛——安．多克這麼說。

艾爾莎不明瞭這種愛的形式。她既沒有看過，也沒有聽過。她根本就不曾想要過愛這種填不飽肚子的東西。

艾爾莎止住了腳步，低著頭用沙啞的聲音問：

「那個真晝姬喜歡上的，是什麼樣的人啊？」

那傢伙比好好先生的王子還好嗎？

雖然安．多克大概沒有聽到艾爾莎的心聲，不過他一臉複雜，深深地嘆了一口氣。

他瞇起的眼中充滿了憧憬和畏懼。

「……非常俊美，但是也非常可怕。」

他慨嘆似地喃喃說道，然後聳了聳肩：

「但是，這一切都無關緊要。不管他是多麼地醜陋都無所謂，不管他多麼地孱弱、多麼地愚蠢……角鴞應該都會愛他，選擇他。」

艾爾莎瞇起眼睛。

舉例子來說，那是像命運那一類的東西嗎？

安・多克的眼神是真摯的，毫無欺騙隱瞞。

「如果沒有角鴞，也絕不會有現在的狄亞，這是可以斷言的。」

艾爾莎此時想拂去搭在她肩膀上的手，儘管有這般衝動，她卻連一根指頭都無法動彈。

安・多克說的話彷彿從某處遠方，像歌曲一般緩緩飄進艾爾莎的內心。

「和妳成婚的確是狄亞身為王子的工作。狄亞考慮到現今國王身體上的負擔，將這場婚姻半強制地進行……然而，他是打從心底決定愛妳的。雖然其中先後有出入，但是拜託妳——」

他說得簡直是在懇求。

「面對狄亞吧。」

艾爾莎紅色的眼珠為他所說的話而動搖不已。她對他搭在肩膀上巨大手掌的感觸，似乎有些困惑，又像有些畏懼。

（我……）

為什麼在這裡呢？

（我——）

到底打算去哪裡呢？

市場上熙熙攘攘的人們，是否會對王子的婚禮予以祝福呢？受到祝福的是誰呢？聖騎士以及人們口中的公主——

鐵定不是自己。艾爾莎這麼想，緊緊閉上眼睛低下頭來。就在此時——

「——莎……」

她聽到人群中刺耳的聲音，抬起了臉龐。

「艾爾莎！」

巨大的身影撥開人群向自己行進，艾爾莎微微地搖了搖頭。她的動作接近自我防衛，用以避免對愚蠢的幻覺感到失望。但是這個幻影卻奔向艾爾莎，抓住她的肩膀。

「妳是艾爾莎吧！」

旅行裝扮的外套之下可以窺見棕色的頭髮，精幹的臉龐，還有他那抓住艾爾莎肩膀的硬皮巨大手掌。艾爾莎感到驚訝不已，茫然地喃喃說道：

「——約瑟夫。」

對她發出的沙啞聲音，男人笑得更開懷，用力抱住了艾爾莎瘦小的肩膀。他的身上散發出的，是那嗅慣了的陋巷酒館的味道。然後，維恩陋巷的保鑣，約瑟夫說道：

「對，妳是我們所知道的那個『毒吐姬』艾爾莎呀！」

艾爾莎的臉龐扭曲成一團。是謊言也好，是幻覺也罷，人們用這樣的稱呼叫她。如此卑微的自己，正是別人無可替代的自己本身啊——艾爾莎心想。

第六章

城池陷落的夜晚

對於艾爾莎和故國舊識突如其來的再會，安．多克機靈地走開，留給他們談話的空間。

坐在廣場的噴水池邊，約瑟夫對艾爾莎說：

「妳看起來氣色不錯嘛。」

艾爾莎已經有好幾個月沒有見到陋巷中的人了。她和那些人的最後記憶，停留在無意義的閒聊上，艾爾莎根本沒想過她會離開他們。

約瑟夫的手依舊巨大，然而艾爾莎對他的樣子稍微感到生疏。她凝視著他的側臉。他的臉頰凹陷，像是長時間處在緊張之下。艾爾莎慢了好幾拍才發覺到他穿著高級衣飾。然而艾爾莎的穿著更為高貴，她找不到合適的話語，聳了聳肩膀，回以乾笑。

「是嗎？我可是經歷了很多事呢。」

「哦，不過看起來沒什麼變呢？我放心多了。」

約瑟夫用力揉了揉艾爾莎的頭。「別這樣啦！」艾爾莎敷衍地笑著拂去他的手。她的頭髮不再像從前那樣短了。

「約瑟夫你怎麼會在這裡？梅莎麗終於拋棄你了嗎？」

艾爾莎不認為約瑟夫是為了自己而出現在這裡。他在維恩有美麗的妻子，梅莎麗。他們兩人應該已結為一對登對的夫妻，他沒有理由來到這種地方。

「誰被拋棄呀，她也惦記著妳。」

約瑟夫故意擺出生氣的表情。一切都在艾爾莎的料想之中，絕對稱不上機靈的男人和美麗而剛強的女人，這兩人很相配。

隔了一會兒，約瑟夫交抱起雙手低著頭悄聲說：

「……這裡的生活怎樣？」

艾爾莎因為他的問話而低下頭。她微微地瞇起了眼睛，看著自己的手。她的手白皙美麗，宛如別人的手一般。她想著這雙手什麼也拿不了。

她過著公主的生活，熱騰騰的食物，柔軟的床鋪，所需的一切都獲得了。被問到這裡的生活如何？

「……一切就像在作夢一樣。」

她喃喃地說，這不是謊話。

她用手指按住額頭，用沙啞的聲音小聲說：

「就像一場惡夢。」

艾爾莎心裡很清楚。夢境如果愈是幸福，醒來時就愈會感到悲慘不堪。艾爾莎心想，現在她所在的地方，不是自己應該所在之處。所以說，這一切根本就是惡夢一場。

約瑟夫聽到艾爾莎這麼說，點了點頭，簡直就像是要對什麼重要的事做決斷一般。

「……原本預定無論如何都要進城裡的，現在倒是省了麻煩。」

他似乎很在意四周，視線稍微猶疑了一會兒，然後嘴唇湊在艾爾莎的耳邊低聲說：

「我是以維恩宰相的密使身分，來到這個國家的。」

「密使……？」

艾爾莎的眉頭皺了起來。約瑟夫以褐色的眼逼視她紅色的眼珠說：

「是啊……艾爾莎，我要把妳帶回維恩。」

約瑟夫以強硬的語調說。在艾爾莎還未提出疑問之前，約瑟夫便繼續說：

「還好妳平安無事。我可以向宰相報告說，婚禮的儀式還沒結束。這樣一來，宰相就能做安排，讓妳能夠立刻回國。這次就真的是以統領維恩的國王之女的身分歸國。」

「你在說什麼，我……」

怎麼會變成這樣，艾爾莎搖了搖頭。

自己到底是由誰擺布來到這個國家——

「占卜師們的時代要結束了。」

似乎理解到艾爾莎未說出口的話，約瑟夫這麼說道。他交抱著雙臂，視線望向地面，吐著氣說：

「達達宰相和我們約定，將構築民主議會，不屬於占卜師，而為人民所有。」

他的眼珠發出強烈的光芒。他抓住艾爾莎的肩膀，不停搖晃。

「這樣一來，妳也不必再受占卜愚弄了。丟掉毒吐姬這樣的汙名吧。妳根本就不必出嫁！回來吧。這是妳的國家，我們的國家啊。」

艾爾莎根本就不明白。她不明白約瑟夫到底在說什麼，她連他的立場，自己的立場都不明白，更何況是國家將要改變這種事。

只是，約瑟夫所說，「回來」這句話甜美的聲響，如同木楔般打入她的內心。

回去、歸去，自己有回得去的地方嗎？

顫抖的指頭劃過自己的胸口，指頭劃過之處只有空洞洞的鎖鍊。她移動視線，看著約瑟夫腰間垂著的深藍色星石，心想自己沒有星石。

自己已經沒有星石的指引了。

自己連星石都喪失了，還會有國家可以回嗎？回去會有自己的居所嗎？自己能有重要的人嗎？

艾爾莎顫抖著。約瑟夫的手掌傳來了體溫，儘管她承受著他的體溫，還是無可遏抑地感到困惑。

「……為什麼？」

為什麼約瑟夫要這麼做呢？

對於艾爾莎的疑問，約瑟夫給予的答案簡潔俐落。

「我們要有孩子了。」

艾爾莎嚇了一跳，睜大紅色的眼睛。

約瑟夫直直看著前方，繼續說：

「為了將出生的孩子，我不想讓我的孩子生在那種蠻橫無理的國家。」

他的側臉帶有一股滿腔的熱意，艾爾莎彷彿在看什麼耀眼的東西似地，她的視線搖曳起來，然後她想著。

（我是喜歡過這個人的啊。）

如果要問喜歡與否，這就是答案。然而這份感情是戀情嗎？是不是出自對生存下去的畏懼，以及對似乎能守護自己的人的諂媚奉承呢？不知道啊，事到如今根本就不明白啊。然而……

她終於能夠將約瑟夫所說的話聽進耳朵裡，終於能夠將相遇後浮現了數次又打消、被遺忘的思念整理成形。

——如果能生而為他的女兒，那是多麼幸福的一件事啊。

她想成為他的家人，想要成為他的伙伴。不只是他，所有對她溫柔照顧的人們都是。即使是在那樣的陋巷，和某個一同生活過來的人，丟棄星石，重新過日子。

她知道這是不可能達成的願望。但是，如果要說真心話——

她不想成為孤零零的毒吐姬。

然後現在，他對她說，回來吧，這是我們的國家呢。然後他又說，那是艾爾莎可以回去的地方。

約瑟夫的膝蓋都彷彿要發出響亮聲音般用力地站了起來。他說：

「我會去接妳。」

他背對陽光，以強而有力的聲音說：

「只要時機成熟，我一定會去接妳。」

他用大大的手掌撫摸著她的頭，最後微微笑著說：

「在那之前就先在這裡忍耐一下……再會了，艾爾莎。」

她看著約瑟夫寬廣的背影快速離去。艾爾莎眼睛也不眨地看著他的背影，顫抖的嘴唇發出聲音：

「接我……」

聽起來就像是夢囈一般。

「要來接我……」

他說要回去。成為伙伴，回到母國，再重新開始。

「我能回去嗎？」

艾爾莎顫抖的手，緩緩地握成了拳頭。她看著磨得美麗光滑的指甲，帶著這般指甲的自己，究竟要回到哪裡呢？到底是誰說過，如果有可歸之處，就要毫不遲疑地歸去？

艾爾莎無話可說，茫然地坐著。遠處佇立在噴水池一旁的安．多克輕輕呢喃：

「貴族的議會，和陋巷出身的陰溝老鼠，達達宰相啊……」

他的眼光嚴厲，彷彿在瞪著不可能看到的未來。

艾爾莎和安．多克一同回到城裡，她的腳步有如行走在夢境裡般茫然。

約瑟夫的話在她的腦海裡打轉，她並未相信他，也沒有想過要依靠他。

「艾爾莎。」

相迎的庫羅狄亞斯表情開朗，像是遇上了什麼好事。

他跑過來似乎想要說些什麼，艾爾莎很困惑似地別過視線，無法直視他的眼睛。

「——艾爾莎？」

庫羅狄亞斯發覺到她的表情陰暗，想要說些什麼，卻被安．多克一把抓住了肩膀。

艾爾莎拒絕晚餐，一個人關在房間裡躺在床上，閉上眼睛。

（我會來接妳。）

她絕不是相信他所說的話，然而，她就是無法將他的話從腦海裡、從心坎上消去。

艾爾莎在巨大的床上縮成一團抱住膝蓋。

她沒有地方可去，即使填飽了肚子，她仍然感到飢渴，那也許是稱做寂寞的飢渴。

到底該相信誰，相信什麼才好？

艾爾莎想看看星星。

如果星之神還願意指引，她倒是希望星之神能夠教教她。到底自己應該往何處去？她曾經那麼地憎恨星象的指引，而今內心卻想依賴星象。

（但是，星星不會再降臨在我身上。）

失去星石，星星再也不會降臨在自己身上。

夜空之中的星星隱蔽不清，慘淡的時間持續流逝。

也許是因為國王臥病在床，或者有其他別的理由，婚禮儀式的安排始終不能夠確定下來，然而她已經沒有精神探詢到底什麼時候舉行婚禮了。

她沒時間獨自苦惱。歐莉葉特每天的指導範圍極廣，讀書寫字的學習進行緩慢，知識的吸收則幾乎都以口頭教導為主。

雖然歐莉葉特很嚴格，但是只要不反抗，她大半都會誇獎艾爾莎很聰明。

身為巫女的她，教導範圍廣及國家的歷史，魔法的派系淵源，以及社交界的用語。

「為什麼要記住那些東西呀？」

我已經不是言無姬了呀，艾爾莎厭煩地問歐莉葉特，歐莉葉特靜靜地回答：

「因為妳說的話擁有力量。」

歐莉葉特深色的眼睛讓人聯想到夜晚的泉水。

「知道嗎？我們所揮舞的並非利劍而是言語，必須像拿著盾一般笑臉迎人。」

歐莉葉特的教導絕不只是徒具虛形，也不只是知識。她將自己所擁有東西的靜靜地傳授給艾爾莎，不像是在教導，倒像是在給予。

在庫羅狄亞斯職務繁忙時，她也一同出席王城的晚餐，吃同樣的食物。艾爾莎面對列德亞克豐盛而美味的佳餚，諷刺似地說：「我好想吐。」歐莉葉特笑了。

「總有一天妳會知道，像這樣被給予的最高級餐點，到底有什麼樣的意義。」

艾爾莎不了解這句話的意思而皺起眉頭，歐莉葉特對她低語：

「小麥意味著生命，紅酒是血唷。」

有時候歐莉葉特的教導就像猜謎。

歐莉葉特對待庫羅狄亞斯如親生孩子一般，卻沒有將艾爾莎當成是自己的女兒。她彷彿要教導艾爾莎如何一起活下去，並且作戰：

「如果有必要，妳要口出多麼惡毒的言語都隨妳，那是妳的武器唷。正因為如此所以要磨練，為了用妳的話推動某人，解救某人喔。」

艾爾莎用手觸摸自己的喉嚨。

在某處，是不是真的有人能接收到所謂毒吐姬說出口的話呢？

幾個星期之後，有使者從維恩到來。艾爾莎以為是約瑟夫來到這裡，飛奔而出，然而看到客廳坐著的人，不禁停下了腳步。

來客是一位留著長頭髮的妙齡女性，她不是艾爾莎所知道的陋巷人士。

女人穿著占卜師的衣服，她對聖騎士們說：

「……我來獻上星星的祝福給即將迎接婚禮的維恩提奴，請閒雜人等退下吧。」

「……」

艾爾莎緩緩向後退了幾步。她的紅色眼珠發出光芒，怒髮衝冠。女人身上的裝束，和無法遺忘的可憎占卜師一樣。

在城裡的人退下到兩人獨處之前，艾爾莎的喉嚨彷彿被針刺到一般什麼都說不出口，也無法動彈。

女人站了起來。彷彿迎接艾爾莎似地，張開雙手說：

「維恩提奴，妳的聲音恢復了啊，我能聽聽是怎麼恢復的嗎？」

女占卜師的聲音甚為嬌媚。

艾爾莎突然皺起眉頭，她想起陰冷監獄中的空氣。我聽過這聲音——但是她不知道這是不是錯覺。

「維恩提奴不是我的名字。」

艾爾莎呻吟似地擠出這句話。她也像是在等待機會，看何時能以話語攻擊。

「……妳來做什麼？」

「我來迎接妳呀。」

艾爾莎聽到她這麼說，眼裡燃起烈火。她氣得露出牙齒吼叫：

「別開玩笑了！你們到底要對我怎樣！」

然而女人毫不畏縮，反倒像是要吞下艾爾莎一般，將臉龐湊近她。她散發出甜甜的藥草香味說：

「石頭到哪裡去了？」

艾爾莎根本就不需要去確認她口中說的石頭是在指什麼。艾爾莎用力咬了咬牙說：

「我把它丟了。」

她這句話是在說謊。直到現在，只要有時間她還是繼續尋找星石。然而，艾爾莎卻這麼說。面對維恩的占卜師，她不得不這麼說：

「我已經不相信星之神了。」

女人笑了。

艾爾莎不明白她為什麼在笑。女人溼潤的妖豔嘴唇保持著笑容，她報上了自己的名字。

「我的名字叫奧莉薇亞，您知道我究竟是誰的妻子嗎？」

艾爾莎聽到她的名字，睜大了眼睛。她不是不知道這個名字。占卜師奧莉薇亞——是前一代維恩占卜師首領的女兒，也是達達宰相的妻子。

她靈光乍現，腦中浮現那句話。

『——您能夠左右這個國家的未來呢。』

沒錯，這個女人曾經和人稱宰相的男人，一起來到艾爾莎待過的陰冷監獄。

「拿著這個。」

奧莉薇亞向艾爾莎的頸部伸出了手，艾爾莎肩膀觸電似地顫抖。她幫艾爾莎將項鍊戴在脖子上，這條項鍊上綴著看來有點年代感的玻璃球體。

奧莉薇亞在幫艾爾莎戴上代替星石用的項鍊時，也讓她握住一把細長的刀，這把刀和玻璃球有著相同的紋路。

「明天早上約瑟夫．卡爾斯頓會前來接您。請您拿著這把刀和項鍊等候。」

艾爾莎顫抖的嘴唇吐出了約瑟夫的名字，她知道這個名字，然而女人在約瑟夫之後說出了艾爾莎所不知道的姓氏。

她在內心某處想著，陋巷的人怎麼可能有家族姓氏。然而，他所說的國家會有所變化的話語，一再出現在她的腦海裡。

「國家，真的會……」

她宛如在掙扎般喃喃低語，奧莉薇亞聽到她的話笑著說：

「對。」

她耳語似地，如同在低語著愛一般：

「國家會改變喔。」

女人像一陣風來訪，在和艾爾莎說完話之後迅速地搭上馬車，返回維恩。

庫羅狄亞斯用過遲來的晚餐，回到個人的房間不久之後，才發覺艾爾莎蜷曲在暖爐前的椅子上沉睡。

「艾爾莎？」

雖然平時仍會有呼喚卻得不到回應的情況，但她似乎並不是無視於他的存在。庫羅狄亞斯聽到微弱的酣睡聲，他的臉上很自然地展現出笑容。

他慎重地窺看著艾爾莎沉睡的臉龐，思緒則飄往別處。

庫羅狄亞斯看著艾爾莎沉睡的側臉，想的是朝中大臣們所說的有關她的話、安・多克的話、歐莉葉特的話，還有國王所說的話。

庫羅狄亞斯身為列德亞克的王子，必須對艾爾莎以及各種未來找出答案；然而看著艾爾莎如此毫無防備的酣睡臉龐，他忍不住就是會想起他住在森林裡的第一位朋友。

那不是多久以前的事，他卻感到已經很久遠了。這也許是因為自己有了劇烈的改變使然。

他在很久以前認為自己喜歡她，想要和她永遠在一起。

然而庫羅狄亞斯的第一位朋友，所選擇的地方卻不是這裡。

艾爾莎和「她」很相似卻又不一樣，他從沒希冀過要找相像的人成為他的伴侶。

想要娶妻也不只是義務感所使然。只是，他的父親好幾次都對他諄諄教誨，說有了伴侶之後，才具備了真正身為王者的威嚴。

對王妃的愛，將會發展為對國家的愛。

所以他挑選伴侶時認為不管是誰都好。這不是不負責任的想法，而是一種覺悟的態度。他下定決心，要將為了自己和自己的國家來到這裡的她，當作是他此生的伴侶，並且愛她一輩子。

然而他現在卻感到困惑以及躊躇。

他本來伸出手想要拂去艾爾莎臉頰上的髮絲，卻沒能夠碰觸她。

如果，妳——

不知是否因為感到寒冷，艾爾莎動了動身體。

「嗯……嗯……」

平常蜷曲在這裡的夜晚，她總會抓在手裡的毛毯此時不見蹤影。庫羅狄亞斯搖了搖頭，想要找出毛毯，卻看見艾爾莎的眼睛發出紅色的光芒。

「艾爾莎，妳醒了嗎？」

她寶石般紅色的眼珠子現在顏色黯淡，視線游移著，無法定下焦點。不知為什麼，他想起第一天夜晚用藥讓她昏迷沉睡時的事。

「……艾爾莎？」

靜寂之中，「鏗」地一聲作響。庫羅狄亞斯皺起眉頭，毫無理由地起了雞皮疙瘩。

艾爾莎……在他再度呼喚她的名字之前，艾爾莎突然醒了過來。她睜大眼睛，迅雷不及掩耳地站了起來。

「！」

不知從哪拿出來的刀子閃耀著光芒。

她的目標正是庫羅狄亞斯的脖子。

「艾爾莎！」

勉強使勁挺起上半身的庫羅狄亞斯失去平衡，跌坐在厚地毯上，他來不及發出哀嚎聲，艾爾莎就已經騎坐在他的身上。

她紅色的眼珠焦點依舊游移不定。

「艾爾莎！」

在他呼喊的同時，再度有「鏗」的一聲，聽起來彷彿是在腦海裡產生迴響的聲音。

他感受到的不是艾爾莎的眼睛發出的光芒，光源來自於她的雙手高舉起來的刀子，然後——

「！」

庫羅狄亞斯將手伸向她的胸前。

她胸前令人毛骨悚然的項鍊發出聲響，並且發出光芒。

庫羅狄亞斯咬牙切齒，對騎坐在他身上，高舉雙手停止動作的艾爾莎低吟出聲。

「……你以為我是誰？」

不，那是對著遠方，超越國境，藉由富有魔力的玻璃珠聯繫著的某人說道。

他以閃著紋路的指頭握住玻璃珠，手指一使勁，球體就像過度膨脹的氣球一般破裂開來。

破裂的碎片閃閃發亮，四處飛散。庫羅狄亞斯說：

「別對我的妻子出手。」

在這同時，項鍊的金鎖鍊發出聲音迸裂飛散。剎那之間艾爾莎的頭髮豎立，接著，出鞘的刀子掉落在庫羅狄亞斯的胸前。

「狄亞……？」

艾爾莎高舉著雙手，一頭亂髮，眼珠恢復光芒。她以微弱而快要哭出來的聲音，呼喚著庫羅狄亞斯。

她的聲音有如在求助，顫抖不已。

「不要緊的。」

庫羅狄亞斯挺起身子，用他的手碰觸她的臉頰。就像剛開始相遇的時候一樣，和她所受的詛咒得到解除時一樣。

如同疼惜，如同慈悲。

艾爾莎紅色的眼珠堆積起淚水，然而，她沒有滴下眼淚。她只是垂下雙手，茫然地說：

「要殺嗎？」

彷彿是小孩子一般，她以無所適從的困惑臉龐說：

「我要，殺你嗎？」

艾爾莎以困惑顫抖的聲音說著，庫羅狄亞斯因而用雙手托住艾爾莎的臉頰，極盡所能地以溫柔的聲音說：

「我知道，這不是妳的意志。」

艾爾莎的瞳孔收縮，彷彿起痙攣一般身體顫抖。

記憶是鮮明的。在朦朧的意識之中，自己到底發生了什麼事，然後，想要做什麼。

用這雙手，這把刀——

「我原本……要殺你，他們——要我殺你……」

她的眼裡已經沒有了眼淚。取而代之地，她的雙眼如同火焰灼灼燃燒。

艾爾莎一把抓住庫羅狄亞斯浮現紋路的手腕，力氣大到幾乎要留下痕跡。

「喂，我到底被他們——」

艾爾莎顫抖著嘴唇，彷彿要吐出血來般地說：

「我到底被他們當作道具到什麼地步？」

她知道身體被綑綁住的這種感覺，他們奪去她的自由，隨心所欲地操縱她。這是出自誰的手，來自哪裡的魔法呢？

（殺掉他。）

艾爾莎清楚知道自己原本想要做什麼，「殺掉他」這三個字在她腦海中響起。

他們還想要命令她嗎？又想要束縛她嗎？宣稱這一切都是為了國家、為了未來而逼不得已的，主張著自己的正確性。

他們奉星象與神所賜予的命運。

在她出生還只是個嬰兒時就遺棄了她。

並且奪去她說話的能力，讓她出嫁。

——然後，現在又要她親手殺掉結婚對象？

「艾爾莎。」

庫羅狄亞斯瞇起眼睛，百般疼惜地呼叫她的名字。

然而艾爾莎卻拂開他的手。

「啊啊啊啊啊！」

艾爾莎推開庫羅狄亞斯，一屁股坐了下來，如同野獸般高聲咆哮。

「我不如死了算了！」

艾爾莎吼叫著，拾起掉落的刀想要往自己刺去。她覺得光是吼叫還不足夠，只要能表達激情她什麼都做！她朝著自己坐下的白皙腿部高舉刀刃。

「艾爾莎！」

庫羅狄亞斯的手一把抓住出鞘的刀刃。艾爾莎彷彿要甩開他一般甩了甩頭，錯亂地吼叫：

「早知是這樣，出生的時候就死了算了！」

刀刃陷入庫羅狄亞斯的手掌之中，滴出紅黑色的血。然而艾爾莎卻怒火焚身沒有發覺，她像是瘋了似地繼續吼叫：

「我這種人死了算了！你也是！為什麼你還活著呀！為什麼寧可讓母親死亡，你也要被生下來呢！」

艾爾莎彷彿要將無處可去的怒意和屈辱，全都發洩在庫羅狄亞斯身上。

「死了算了，死了算了！對，你根本就死了算了！」

＝像是要藉由這樣的盼望，將想要殺他的事說成是出自自己的意思一般。她吼叫道：

「為什麼出生的時候不死了算了呢！」

庫羅狄亞斯的臉龐扭曲了。

他彷彿要將疼痛以及苦楚，一切的一切在瞬間甩開似地，手掌用力握住了刀刃。

「！」

他使出比艾爾莎更大的力氣抓住刀身，彷彿要甩開她似地從她手中奪走刀刃。

庫羅狄亞斯的血飛濺在艾爾莎的臉頰上。

飛濺的血顏色濃郁，有著來自於他的體溫。

「妳以為我沒有這麼捫心自問過嗎？」

庫羅狄亞斯緩緩站起，背對著窗戶外射入的月亮。他冰冷的眼瞳灼灼燃燒，可以說是壯烈無比。

「至於為什麼沒有死。」

他的四肢紋路淡淡發光，彷彿像是月光一般。他說：

「我會活著找出答案。」

艾爾莎無法忍受他的話，用手掩住了臉龐。

他的美麗姿態，讓她差點就迷失了渺小的自己的價值。她不想感受如此的絕望，在心裡低語慨嘆，死了就一了百了。

只要自己死去就好。

她並不是真的想死，然而她絕不是為了做這種事而出生的啊。

（那麼，到底是為了什麼呢？）

到底是為了什麼來到這個世上啊？

「艾爾莎。」

不知是否感覺不到手掌的疼痛，庫羅狄亞斯的臉色絲毫沒變。他跪下單邊的膝蓋，像是要跪在跌坐著的艾爾莎跟前。

「艾爾莎，妳是我的妻子。無論妳在母國時他們如何把妳當作是道具一樣對待——」

他將沒有受傷的手輕輕搭在她的肩膀上，艾爾莎似乎感到懼怕似地顫抖著身體。

「只要妳在這個國家，我不會讓任何人愚弄妳。」

艾爾莎緩緩抬起臉。她的臉色蒼白，失去了生氣，然而她仍以紅色的眼珠看著庫羅狄亞斯。庫羅狄亞斯點了點頭。

「無論是言無姬也好，毒吐姬也罷，妳就是妳自己。絕對不用成為任何人的奴隸或者是道具，妳以自己的方式生存下去就好。」

異形王子的話給艾爾莎的心中帶來無比的勇氣，她扭曲了臉龐。然後，彷彿在喘息似地，她不自在地呼吸之後說：

「我，要將你……」

艾爾莎將顫抖的手伸向庫羅狄亞斯，伸向他流著血的手掌。她想去觸摸，然而，像是被看不見的牆壁所阻擋似地，她摸不到。

那是畏懼。她並不是害怕魔王的詛咒和王子異形的四肢。

然而，艾爾莎的手就是無法觸摸到他。

她的確感受到恐懼。不是對庫羅狄亞斯，庫羅狄亞斯是高尚的，即使他有著那樣的四肢，仍不失為一位具有崇高自尊的王子。

——魔物並不是他，是自己。

艾爾莎心想，真正被詛咒的人是自己。

然而和艾爾莎相反，庫羅狄亞斯絕不困惑，也不躊躇。他用沒有受傷的手，抓住了艾爾莎在空中顫抖的手，瞇著眼睛說：

「妳的母國實際上應該比外面觀測到的更為混亂……我認為要妳殺我的人，和要妳嫁給我的人，不是同一人物。」

艾爾莎彷彿想表達她聽不懂，眼神迷惘地搖搖頭。

「妳的國家——」

庫羅狄亞斯抓起她的手，一再嘆息地說道。此時走廊突然有奔跑的腳步聲傳來。

庫羅狄亞斯抬起臉，接下來的那一剎那，臉色蒼白的歐莉葉特奔跑進房間之中。

「狄亞，艾爾莎！」

她呼喚兩人的聲音，簡直就是慘叫聲。

不待庫羅狄亞斯詢問，歐莉葉特說：

「神殿來了傳令！是維恩占卜師們的緊急通報！占卜師和王族被抓走，城池被攻陷了！」

維恩的城池被攻陷了。

那是排斥艾爾莎的國家，明明是她百般詛咒，捨棄的母國。但聽到歐莉葉特的話，

艾爾莎沉沉地閉上了眼睛，視線一片黑暗。

第七章 赤腳的福音

列德亞克和維恩是同盟國。兩國因為種種利益關係攜手合作，彼此派駐魔法師和占卜師，切磋法術，以究明世界的真理為天命。

城池被攻陷的通報，最早也是來維恩留學的列德亞克魔法師傳訊回國。

「據說暴徒最先攻進以哈利斯侯爵為首的貴族宅邸。」

安・多克環視房間中的人們說道。艾爾莎低著頭坐在窗邊的沙發上，庫羅狄亞斯手上的傷口已經處理好，歐莉葉特也待在同一個房間內。

「被逐出宅邸的貴族們逃進占星術的神殿，也就是維恩的聖地。城內的兵力也都傾力鎮壓動亂。」

就連艾爾莎也能輕易想像得到，場面一定是極度混亂。滿心私欲的貴族們必定是像烏合之眾一般依賴占卜師，而不是依賴國王。

「達達宰相利用了這個機會，將維恩國王關入監獄裡。」

國王下獄，這句話並沒有造成多大的衝擊，甚至讓人覺得是理所當然。

畢竟國王的無能顯而易見。

艾爾莎對國王一無所知。要在心底描繪這位國王，印象中只浮現了朦朧的肖像畫，眼中只殘存國王遙遠的背影。她甚至想像不出對他抱持著什麼樣的感覺。她所能了解的，只是在這場動亂之中他完全沒能做什麼。

國王完全聽信神殿中占卜師所說的話，對艾爾莎毫無作為。不只是如此，對國家他又做了什麼呢？

他只是對占卜師的話唯唯諾諾罷了。果真如此，會造成這般局面也是理所當然。

艾爾莎看了看自己緊緊握住的拳頭，聆聽安．多克繼續說道：

「城池被攻陷的同時，達達宰相發布了親筆寫出的聲明稿。他說要領導維恩成為沒有占卜的一個新國家。」

曾有個女人說國家將會有所變。她的聲音至今還在艾爾莎的耳朵裡作響。

然而在這之前，曾有男人向艾爾莎說，要改變這個國家。

「約瑟夫他……」

艾爾莎眼神茫然，以沙啞的聲音喃喃低語，有如在嘆氣一般。安．多克轉過身來對她說：

「國內還在持續混亂之中。在神殿裡，占卜師和保護他們的士兵，在和維恩陋巷之間所召集來的傭兵們戰鬥。雖然沒有接到清楚的通報，不過，據說統領士兵的是卡爾斯頓家的後裔，約瑟夫．卡爾斯頓。」

他所說的話或許帶點譴責的意思。

「艾爾莎，就是前幾天和妳碰過面的約瑟夫。」

安．多克的眼神銳利。

「誰……」

艾爾莎扭曲了臉龐，以顫抖的聲音低語：

「卡爾斯頓到底是誰呀？」

艾爾莎像是迷途孩子般高聲表示自己不認識這個名字。安．多克躊躇地潤了潤嘴唇。庫羅狄亞斯像是要催促他般點頭示意，他才開口說：

「……他出身貴族。卡爾斯頓家是二十年前被滅族的維恩舊貴族，他們是維恩少見的聖劍門第。」

安．多克的家族——馬克巴雷恩家族，在魔法興盛的列德亞克也是少見的騎士門第。因此被記錄於文獻中——安・多克說道。

兩家彼此交流之際，卡爾斯頓家也逐漸沒落。

「然而哈利斯侯爵和維恩的神殿將卡爾斯頓家族當作是危險分子，迫使卡爾斯頓家族瓦解。」

艾爾莎的喉頭「咕」地作響。

她似乎終於了解到約瑟夫散發出的獨特不協調感，了解到他初次見面便對艾爾莎照顧有加的理由。

他一定是在艾爾莎身上看到了和他的相似之處。家破人亡的貴族之後，在被城裡所遺棄的公主身上，看到了什麼。

然後，他是否企圖讓艾爾莎殺害庫羅狄亞斯，作為復仇呢？

為了自己瓦解的家族，他是不是對艾爾莎也有所企圖，把她當作是道具？

然而，艾爾莎怎麼想都不認為是如此。她有信心，認為他做不出這種事。

她不了解國王的心思，但如果是約瑟夫，她就能夠明白。

安・多克一臉嚴肅，他對約瑟夫的立場感到懷疑。

「我是不知道約瑟夫・卡爾斯頓是怎樣和宰相攜手合作，但是，國王入獄後，混亂還無法平靜下來就很奇怪了……」

既然奪去了國王的寶座，首先應該制止士兵才是啊，安・多克自言自語般地說。

他停止說話，為了釐清狀況，再一次梳理現況。

「維恩的議會自古就分為兩派，一派是以哈利斯侯爵為首的古老王侯貴族們，一派是平民所選出的議員們。長久以來，貴族們維持著壓倒性的優勢。但是，平民出身的達達被選為宰相。這是為什麼呢？」

「我不知道啊……」

可是——艾爾莎喃喃低語，聲音顫抖著。彷彿在懼怕自己說出口的話，會帶給兩國什麼影響似的。

猶豫之後，她開口說道：

「我們……大家認為達達宰相他……因為迎娶了占卜師首領的女兒……星之神也成了他的靠山……」

安・多克點點頭。

「宰相的妻子奧莉薇亞昨天造訪了這個國家。她在列德亞克的神殿修習魔法，據說是很優秀的魔法師。」

聽到他這麼說，一旁的歐莉葉特生硬地低語：

「……占卜有可能被曲解了。」

艾爾莎感到自己的血液溫度下降，那是出自於本能地感受到畏懼。

維恩是一個對占卜狂熱的國家。星之神的指示是絕對的，而且始終如一地遵循著更好的道路，因此人們對星之神深信不疑。即使王家無能腐敗，只要相信星之神的指引就能平安無事。

艾爾莎無意識地揪緊胸口。

雖然她內心想著星之神去死算了，然而在心底深處，奉星之神為絕對的教導卻根深蒂固。

如果這樣的占卜有可能會被人為操縱，任其喜好而更改。

那就可以說，維恩已被納為囊中之物。

可怕的是，安．多克點了點頭說：

「這種動向從以前就存在，達達宰相持續從事險惡的活動也是事實。維恩自古以來就將重點放在王族與占卜師之間的關係——現在，這種權威的結構有可能改變。以哈利斯侯爵為首的王侯貴族們喪失地位，正是宰相所樂見的，再來就是依賴占卜師的貴族們遠離政治。我本來以為就只有如此，卻沒想到……」

他不只垂涎宰相的地位，連王位都想要奪取。

「篡奪王位不全然是罪。」

一直靜默不語的庫羅狄亞斯平靜地說。

「從占卜師的國度轉型為屬於人民的國家，那也許是美好的理想。」

他佇立在艾爾莎身旁，臉色平靜，淡淡地說。

「……但是，不管戴上什麼樣的皇冠，我都不會承認他是國王。」

他的話語不帶困惑，並且以清晰的聲音附加了理由：

「命令艾爾莎殺我的，就是他。」

艾爾莎看著庫羅狄亞斯手上包著的白色繃帶，扭曲了臉龐。

「我……我……」

她用顫抖的手抱住自己的頭。她厭惡占卜，她心想，再也不想被那種東西耍得團團轉。占卜那種東西消失了算了。

庫羅狄亞斯垂下眼對安．多克說：

「如果我被艾爾莎所殺，不，即使沒被殺，只要看出殺意，列德亞克必然會對維恩進行報復吧？如果不這麼做，列德亞克也不會為了拯救維恩的王族而出兵。」

占卜師們靠著祭出艾爾莎，想要在萬一有什麼事的時候依靠列德亞克。

達達宰相和魔女奧莉薇亞為了防備這樣的事情發生，想讓艾爾莎殺了王子……

兩派人馬都想以細瘦纖弱的毒吐姬當作是國家的底牌，完全不顧及她本人的意願。

安．多克苦著一張臉說：

「……維恩的占卜師們已經傳達了要求援軍的意思。」

如果要動用到騎士團，站在先鋒的將是聖騎士安．多克，他老早收到傳令了。

然而，他至今卻還沒有接到任何出兵的指示，所有的決定權都在列德亞克國王身上。

安．多克將話語接續下去：

「宰相可能期待更為混亂的局面。就現狀來看，他並不是和卡爾斯頓家的後裔攜手合作，對方可能也被當作是棋子。兩股力量相耗，之後要成形也就容易得多。宰相或許是這麼想的。自己的獨裁……不需要貴族，另外，也不需要暴徒。」

真是骯髒下流的手段，安．多克不愉快地說。

「維恩的兵力還不屬於宰相所擁有，據說神殿還冒出火舌……而且已經造成多起流血事件。」

艾爾莎繼續坐在沙發上，抓住了自己的雙肩、指甲使勁，咬牙切齒。

「嗚，嗚……」

星星啊，殞落吧！光啊，消失吧！生命，滅絕吧！

曾經向占卜師如此詛咒的，不是別人正是自己。有如吐血般口吐惡言，認為他們就該淪為如此的自己，確實存在著。

這個國家瘋狂於占卜，就讓它被業火焚燒，徹底成為地獄吧。

然而，被焚燒的是誰？

她想起陋巷的生活。飢餓、困苦，但也有過不壞的日子。她也想起那雙大手，他的眼睛和聲音是那麼地熱切。

『我們要有孩子了，這也是為了即將出生的孩子。』

對，約瑟夫是這麼說的。然而，為此之故，必須死去的是誰？

流血的到底是誰？

「嗚嗚，嗚嗚……嗚嗚嗚嗚……」

她抱住自己的身體，紅色的眼睛在顫抖，她只能發出痛苦的低吟。站在一旁的庫羅狄亞斯對著她的身影呼喚：

「艾爾莎。」

艾爾莎彷彿把他呼喚她的聲音當作是信號，站了起來。

她吸入一大口氣，再吐氣。

雖然動作緩慢，但是她沒有昏倒，克制搖晃的身體，在地面上站得穩穩的。她的眼睛已經不再顫抖。

「我要回去。」

她抬起臉龐，直視著庫羅狄亞斯說道。

「我要回去了。」

她的肌膚蒼白，紅色的眼珠有強烈的光芒燃燒著。

曾經叫喊著死了算了的她已經不復存在。艾爾莎抬起臉，此刻的她，眼神中清楚地燃燒著決心。

然而庫羅狄亞斯皺起眉頭，搖著頭說：

「太危險了。」

「那麼，一個人待在安全的地方就好嗎？」

艾爾莎立刻接著庫羅狄亞斯的話，鋒芒銳利地說道。然後淡淡地，真的是淡淡地，浮現出笑容說：

「我不知道能做什麼。我也不知道什麼是正確的，因為我是笨蛋啊。但是，我所認識的傢伙也是笨蛋。特別是男人，腦袋因為都是肌肉做的，血液衝到頭上就不行了。」

艾爾莎心想，約瑟夫也是如此。他的側臉也是彷彿發燒似地帶著灼熱，他說到要為了新的國家，為了即將出生的孩子，他說不定會獻上他的身軀和生命。

他攀上他一度捨棄的家族之名，而捨棄了已然擁有的家族，就像個悲劇英雄。

根本就是大笨蛋啊，艾爾莎心想。

這種人是大笨蛋，他應該守護更重要的東西才對。

即使沒有家族之名，他應該也有家可回，應該有迎接他的家族。

艾爾莎緩緩地垂下眼睛。

『回來吧。』

他曾經望著艾爾莎的眼睛，對她這麼說。

艾爾莎不願意認為這句話是謊言，也不認為這是謊言。但是，的確有人將約瑟夫的話當作是謊話。

有人利用花言巧語，為了讓自己成為國王，將他人當作是手中的一顆棋子。

「……就算是宰相什麼的侵占了國家，我也無所謂。我也和他一樣，想要叫占卜師和王族去吃屎呢。」

為此之故，如果自己的存在礙到了別人，那麼想要殺人，或者被殺都是理所當然。

她不知道到底誰是正確的，什麼是錯誤的，但有一件事她很清楚。

「……如果把我認識的笨蛋們當作是棋子，讓他們去流血的話，我會很為難啊。」

艾爾莎聳聳肩，喃喃地說：

「我討厭爭鬥。」

然後，彷彿要否定自己說的話一般，閉著眼睛搖了搖頭：

「不不不，不是這樣，我不要再餓肚子了。」

這句話是她的肺腑之言。因此即使聲量不大，也不激動，周邊的空氣卻靜靜地震顫不已。

艾爾莎再度睜開眼睛後，眼中燃起了光芒，她清晰地說：

「我討厭餓肚子，所以我不希望出現和我一樣餓肚子的人。」

戰爭有可能改變國家，流血也許對那個腐敗的國家是必須的。

暴徒和占卜師，以及貴族們，如果打起來的話，所有人將會疲憊不堪，不管是哪一方，都會代替國王秉著男人的權威來行事吧。

然而，如果事情如此進行，一切都不會有所改變。在陋巷哭泣的孩子，依舊只會在火焰和血的味道之中，抱著膝蓋哭泣。

艾爾莎不願意再看到只有窮人必須承擔惡果。

如果宰相真的打從心底愛著維恩所有的百姓，他就應該不會自立為王。而艾爾莎也許會支持他。

艾爾莎知道自己的愚昧，她不認為自己所想的都是正確的。然而——

「我不知道能做什麼。但是，有些戰爭也許可以用我的聲音或我的首級來阻止。」

至少，如果在國王被抓住的情況之下，能夠制止城裡的士兵和約瑟夫戰鬥的話——

艾爾莎心想，必須有人代替樂於見到互相殘殺的篡奪者做出結論才行。

她不知道到底可以用什麼方法，自己也許什麼都做不到，但是……

艾爾莎看著一旁的窗戶。天色泛白，接近黎明時分了，朝霞彷彿是因戰火燃燒的天空。

「……我問你，如果我也能拯救誰的話——」

她看著窗戶，小聲低語的聲音，聽起來無助而且微微顫抖著。

「我的出生，就不是一個錯誤吧。」

對於她小聲低語的話，安．多克和歐莉葉特面露痛苦表情地想找尋著回應的話語。唯獨庫羅狄亞斯毫無猶疑。

他毫不躊躇地向艾爾莎身邊走去，抬起沒有包紮繃帶的手腕。

然後，發出低沉的聲音，一拳搥向牆壁。

「！」

艾爾莎的肩膀因驚嚇而顫抖。庫羅狄亞斯看著她的眼睛，他混濁的綠色眼珠因憤怒而顏色加深。

「……對妳來說，我這個王子那麼不可靠嗎？」

他生硬的聲音彷彿劈砍過來一般。比起被誰說了什麼，或者比艾爾莎以刀刃相向時受的傷還要深似地，以充滿憤怒的聲音說：

「為什麼不向我求救呢？」

艾爾莎為他的話眼珠顫抖、髮絲顫抖、肩膀顫抖，然後以同樣顫抖的聲音緩緩地說：

「因為……」

像是無計可施般，她搖了搖頭。睜開的眼角落下透明的淚滴。

「因為——」

艾爾莎受夠了。她抱著頭、搖著頭，崩潰似地流下眼淚。

我才不要這樣——她想。

因為——

（我不是公主啊。）

一出生她就被當作是不祥的孩子。她活到現在，連文字讀寫都沒學過。

（所以我不能成為你的妻子。）

因為、因為、因為……

（你愛的根本不是我。）

所以求求你，別對我溫柔。

因為，我不能承受從幸福的美夢、從被愛的美夢醒過來的苦楚啊。

艾爾莎就這樣崩潰似地哭泣起來，庫羅狄亞斯緊緊地握住了她的手。用他那浮現著紋路，其中一隻還包紮著繃帶的被詛咒的四肢。

艾爾莎已經沒有多餘的力氣去拂開他的手了。

安・多克和歐莉葉特面面相覷，用力地點了點頭，似乎在心底決定了什麼似的。

在這同時，國王的親信敲門來呼喚他們，庫羅狄亞斯牽起淚眼模糊的艾爾莎走出房間。

走向國王正在等候著他們的謁見大廳。

這是艾爾莎第二次見到國王。灰髮的國王深陷的眼睛有著黑眼圈，卻不靠他人扶持，自己走向國王寶座，坐了下來。

「維恩陷落了。」

他的話深沉沉重，束縛住艾爾莎的胸口。

「……我們兩國是同盟國。但是，這次是維恩發生內亂。只要國王換人，同盟就失去了效力。」

國王以混濁的眼珠看著艾爾莎說：

「妳也不再是公主。」

國王說，如果胡亂相助，有可能只會讓戰爭延長。在這樣的想法之下，他面對庫羅狄亞斯說：

「庫羅狄亞斯，你有什麼話要說嗎？」

被問到的庫羅狄亞斯向前踏出一步說：

「父王，希望您能把聖騎士，以及列德亞克的騎士團和魔法師團借給我。」

庫羅狄亞斯毫不躊躇，目不轉睛地看著父王說：

「為了鎮壓維恩的內亂，請允許我出兵。」

灰髮的國王壓住眼角，胸口劇烈起伏，發出分不清是喟嘆或是呻吟的聲音說：

「……為了維恩，你要出兵啊。」

他的聲音顯得不以為然，同時似乎也預測到庫羅狄亞斯會這麼說。

庫羅狄亞斯毫不退讓，繼續說著：

「不是因為我們兩國是同盟國。維恩……是我妻子的國家，將成為這個國家王妃的——她的國家。」

艾爾莎緊緊地握住拳頭。她想到他包著繃帶的手，並且想著他的傷、他的疼痛，還有愚蠢而悲慘的自己。

（不行啊。）

他應該捨棄維恩的，應該捨棄自己的。這些話不斷地浮上她的心頭，然而她無法說出口，她只能咬著嘴唇，顫抖著肩膀。

她必須說出口，說已經沒有這個必要了。

國王經歷了三次的深呼吸之後，簡潔地問他的兒子：

「誰指揮？」

「我。」

庫羅狄亞斯回答國王的話也很簡短，語氣滲出堅決的意志，表示出他絕不採取別的決斷。國王顯而易見地扭曲了表情，低聲呻吟：「你到底知不知道……安．多克應該是沒問題，歐莉葉特也是。但是，你只要離開這個國家……離開那片森林……」

連艾爾莎都能了解國王到底在擔心什麼，庫羅狄亞斯不可能不懂。他的雙手和雙腿是因為在這個國家，才能受到魔王的祝福。

然而庫羅狄亞斯緊緊地握住自己的手說：

「就算是這樣，這也是我該做的。」

他像是在確認鮮明紋路的手還能動似的。

國王彷彿忍住了痛，閉上眼睛，周遭一片沉默。

「有、有事相稟！」

此時，有一個士兵打開謁見廳的門，跑了進來。

「所為何事！」

國王對士兵的無禮嚴厲地高聲問道。如果是魔法師的傳令還能接受，這裡是不允許士兵闖入的。士兵為國王的聲音嚇得發抖，然而像是在找話說似地顫抖著嘴唇說：

「請恕我失禮，但是，可是……」

在士兵試圖找出他失去的話語之前。

從他的背後奔入了白色的影子，有如花瓣飛舞。

（咦……？）

艾爾莎因驚訝而停止呼吸，這個闖入者實在不適合出現在這裡。

她有著纖細的腿、纖細的手臂，白色的禮服是艾爾莎從來沒看過的自由剪裁。

她及肩的頭髮顯現出混著金色的乾草色。脖子很纖細，沒有戴上任何飾品。

她的身形修長，在房間中央挺直地站著。

發出輕快聲響的腳上，並沒有穿著鞋子。

「你好！」

她凜然微笑，額頭上搖曳的瀏海之間，清楚地和王子一樣有著不祥的美麗印記。

「角角……」

不待庫羅狄亞斯以顫抖的聲音呼喚她的名字，她的存在實在是太鮮明而光芒四射。

（這就是——）

艾爾莎睜大眼睛，呆若木雞。

這就是照耀一切，甚至帶給魔王幸福。

夜之森的真昼姫啊！

她突然出現，綻放著耀眼的笑容，睜大一雙眼環視著周遭說：

「國王，好久不見囉！狄亞也有一小段日子不見了！安迪和歐莉葉特都在這裡呀！」

她打招呼的方式在國王面前顯得過分自由，然而在場——在這個國家，沒有人會責備她。

她如蝴蝶般翩翩飛舞，然後視線停留在艾爾莎身上。

艾爾莎原本想像童話中主角的公主，有多麼美麗的容顏，卻驚訝地發現她的長相極為平凡。雖然長得並不醜陋，卻也不算是特別美麗。只是，她的臉龐充滿了活力。

除了額頭的紋路之外，引人注目的還是她那雙眼睛。她那雙三白眼的眼睛炯炯有神，有著堅強的意志，像琥珀般閃閃發亮。

那雙眼睛毫不畏怯，不知可怕為何物。

艾爾莎因為她毫不客氣的視線，倒退了一步。

她不知是否察覺到艾爾莎的畏怯，魯莽地大步走向艾爾莎，用她那皮膚堅硬的雙手捧住艾爾莎的臉頰說：

「煉花的顏色！」

她笑了，笑得如此燦爛，讓艾爾莎忘記要拂開她伸過來的手。然後，她說：

「像寶石一樣漂亮的眼睛！」

她說話是那麼地沒有禮貌而單純，艾爾莎為她的話忘了該說什麼，也忘了動作，只是茫然地看著她。

她的兩隻手腕有著如同老舊生鏽般的瘀青。碰觸臉頰的手掌有著舊傷痕，就觸感來說絕對不是淑女該有的。

然而，她的指頭直到指尖都是暖和的。

「角角，我來介紹吧。」

庫羅狄亞斯靠近身旁，以溫柔且凜然的聲音和她說：

「她是艾爾莎。她即將成為我的妻子。」

真昼姫聽到他這麼說，眨了眨眼，像鸚鵡一般重複著他的話：「艾爾莎。」

然後，斜斜地側過頭說：

「艾爾莎是狄亞的妻子嗎？」

因為她這麼問，庫羅狄亞斯點了點頭自豪地說：

「是啊。為了成為我的妻子，她穿過國境來到這裡唷。」

她轉動眼珠，像是要緩緩地消化庫羅狄亞斯所說的話。

在這之間歐莉葉特和安．多克來到她的身邊望著她。「角鴞。」歐莉葉特滿懷感情地呼喚她的名字。

「怎麼了？這麼突然……前幾天不是才來給我們看過嗎？」

「發生了什麼事嗎？譬如說和夜之王吵架什麼的嗎？」

經過安．多克這麼一說，角鴞彷彿想起了造訪城裡的理由，以腳後跟為軸轉而面對庫羅狄亞斯說：

「這個！」

然後，她從胸口取出東西。

那是黑色的……

具有不可思議光澤的巨大羽毛。

「給你！」

角鴞把具有不可思議光澤的羽毛遞給庫羅狄亞斯，然後一臉幸福地笑著說：

「貓頭鷹給狄亞的！」

艾爾莎不知道那是誰。而角鴞說出口的名字，是只有她能夠呼喚的夜之森的魔王。

庫羅狄亞斯睜大他綠色的眼珠。真昼姬帶來的黑色羽毛，到底屬於誰所擁有？根本就再明白也不過。

「是夜之王？」

庫羅狄亞斯的聲音在顫抖，手指接受羽毛時也在微微顫抖。

「嗯，他叫角鴞帶過來！」

庫羅狄亞斯的手指到指尖都有紋路，指頭觸及黑羽毛的那一剎那，他雙手雙腳的紋路似乎開始發光。

「但是不能維持太久喔，要小心！」

角鴞的說明不清不楚，然而從該羽毛所傳來的甜美得令人麻痺的力量，勝過任何雄辯。庫羅狄亞斯允諾一切，顫抖著睫毛。

滿溢的力量告訴他，黑色的羽毛是統領夜之森的魔王所具有的一小部分魔力。

「謝、謝謝……」

庫羅狄亞斯滿懷著用言語無法完全表達的萬般感受，低聲說道，並且閉上眼睛。

角鴞仍舊像陽光一般燦爛地笑著，接受了他的答話。

「就只是這樣啦，角鴞要回去了！」

安・多克撫摸角鴞的頭，歐莉葉特則親了角鴞的雙頰。角鴞向國王一鞠躬之後，依舊像是在跳舞一般，準備離開。

列德亞克的國王一直都沒有說話，但是他深深地嘆了一口氣，閉上眼睛，向她傳達了不成言語的想法。

她的身影如同她來到這裡的時候一般，像是一陣風，似乎就要離開；此時她卻回首望了一眼——不是在看庫羅狄亞斯，也不是聖騎士夫婦，她盯著孤單佇立在那裡的艾爾莎。

她琥珀色的眼睛看穿了艾爾莎。

她直視的眼神讓艾爾莎感到不自在，讓她想要別過視線。

艾爾莎自問到底能對她說些什麼。

艾爾莎是毒吐姬。就像她在故國曾經謾罵星之神一般，她原本想，如果有機會遇到詩人謳歌的真昼姬，要對有如怪物似的她說些什麼，心裡才過得去。

但是真昼姬笑了。

她的笑容實在是太美好，艾爾莎說不出任何話。

她赤腳走過紅色的地毯，夜之森的真昼姬撲向維恩毒吐姬的頸邊，一把抱住後說：

「謝謝妳嫁給狄亞做妻子！我好喜歡妳！」

角鴞的頭髮飄著深邃森林夜晚的香氣。

（啊。）

艾爾莎的視線搖晃起來。艾爾莎和她是初次見面，在這之前她從來沒有見過這個少女。她彷彿是從童話故事走出來似的，她的存在實在是愚蠢透頂。她是魔物之森的公主，艾爾沙以後大概也不會和她有所往來。雖然如此，艾爾莎的手自然地伸向她，雖然只是一瞬間的事，艾爾莎卻抱住了她。

她的身體就和自己一樣，纖細且輕盈，卻充滿了喜悅。

艾爾莎閉上眼睛。所有的絕望、不安，都有如夜晚一般消逝。

（我想祈禱。）

她出生以來頭一次這麼想，如果希望能成真，但願——

艾爾莎自己也想要為了她祈禱。

然後，就和來到這裡時一樣，彷彿從夢中醒來似地，角鴞離開了。留下來的庫羅狄亞斯已經不再躊躇猶豫。

他和國王點頭確認了意思。

不再有任何人阻擋。

他的胸口有著黑色的羽毛。瘦小的異形王子享有夜之王，以及真昼姬的祝福。

「我唯一的盼望，就是——」

庫羅狄亞斯用熱烈強勁的手握住艾爾莎冰冷的手，宣告說：

「我的妻子艾爾莎的母國，維恩的城池，不流血而開城投降。」

第八章

星與神所指示的命運

此時的維恩極為混亂。

狂風暴雨般動亂的夜晚過去後，爭鬥卻依舊未能平息。

貴族的宅邸冒出火苗，到處都響起怒吼聲。

現今依舊血流不止的不是在城裡，而在於貴族們逃入的星之神殿。占卜師們想以占卜術和魔法對抗，城裡的士兵支援著他們。

然而，陋巷的人們加上半數以金錢募集的傭兵們，比怠惰而散漫的國軍士兵更占優勢。

要鎮壓神殿應該是輕而易舉的事，叛軍卻欠缺統領。他們差點被士兵擊退，亦顯示了內部的混亂。

「達達稱王是怎麼回事！」

傭兵們捉拿住占卜師們，一邊揮劍發出這樣的疑問。

他們也曾聽說達達的聲明，說維恩國王已經下獄。

彷彿要蓋過悲鳴與呻吟的聲音交織，幾近嘶吼。

「我們怎麼會知道！雇主是國王不是很好嗎！獎賞應該就能拿得多一點吧！」

「我們可沒聽說議會將以人民為主體的事啊！」

「既然達達成了國王，為什麼不統率城裡的士兵啊！」

「約瑟夫！」

陋巷的傭兵呼喚道，約瑟夫正站在陣前砍殺士兵。約瑟夫一邊揮劍，嘴裡茫然地低語：

「為什麼？」

他額頭冒出的汗水流到下巴。

約瑟夫手持達達賜給他的巨大的劍，身穿高級的鎧甲，腰間繫著深藍色的星石。

確實是約瑟夫在統領這場叛亂，這也是達達宰相提出的。

然而，到底是誰說他將成為國王？

好幾句話在約瑟夫的腦海裡浮起，然後消失。他回想起在陰暗的房間裡進行的祕密會談。

『作為劃時代黎明的開端，這個國家需要新的議會，由人民組成，為了人民存在的議會。為此這個國家有必要興起風浪。』

為此他被要求拿起劍來，做個決斷。

只要鎮壓貴族和神殿，約瑟夫就會以他們為人質，要求新的議會開始運作。現今不存在的卡爾斯頓家族的署名，在這時候應該是有用的。然後，達達宰相應該會絲毫不做抗爭地接受才是。

然而，為什麼城裡的士兵來到這裡？自己為什麼還在戰鬥？

整個狀況到底是哪裡沒能照計畫進行？他滿腦子充斥著血腥地思考著。

到底是錯在哪裡？有什麼不對之處？

因為考慮到新的國家，他才再次提起內心早已決定不再使用的家族之名。

約瑟夫的雙親因落魄而使得精神狀況受損，詛咒著國家和占卜師而死去。看著他們可悲的末路，約瑟夫心想他已經受夠了；他只懷抱了一身劍藝，捨棄了一切。

他絕對不想再憎恨任何人，不願意懷著憎恨死去。

他決心在貧窮的街道重新生活。他是幸福的，遇到一個女人，能夠平靜地對約瑟夫的出生以及成長背景一笑置之。她是酒館的女人，胸口懷抱著乳白色的石頭。他一直以為他會維持現在的生活，平凡地在老舊狹窄的街道中生活下去。

是他自己決定放棄如此安穩的幸福生活，然而，那也正是因為他深愛著那樣的生活。

他深愛著這個國家，還有在這個國家生存的人們。深愛著他新獲得的家人。

『結果就是你要承擔一切苦果呀。』

他告訴他的妻子，為了改變這個國家，要發起戰爭。他的妻子手肘支著酒館的吧台，嘆氣低語：

『老好人一個。』

她為了消遣解悶一邊剝著水果皮，責備似地說道。

女人聲稱少女時因事故受傷的腿會發疼，連在床上都菸斗不離手，然而在懷孕之後就完全不再碰菸斗。

她是一個重感情的美麗女人。

『我可不打算做阻止男人這種傻事。反正你們是不會聽進去的，要阻止你們根本就是白費力氣吧？』

女人向來不說不乾脆的話，但她都這麼說了，可見她絕對不贊同這場叛亂。但是，約瑟夫卻決定出發。

為了她，還有，為了她和自己的孩子。

他不知道梅莎麗是否理解這件事，只是，她丟下一句話：

『如果你不回來，我會立刻去找新的男人喔。』

約瑟夫知道她說這句話也是出自她的善良。約瑟夫在她的額頭親了一下，背過身子，妻子梅莎麗說道：

『欸，如果你碰到那個孩子……就是棄兒毒吐姬，叫她回來吧。』

約瑟夫咬緊了牙關。

對，艾爾莎她——

原本想捨棄過去活下去的。然而，在維恩陋巷相遇的她——

有如雞骨般瘦小可悲的少女，憤恨厭惡國家和占卜，光靠詛咒拚命生存。

「是那個男人說，毒吐姬也能回到這個國家來的。」

他吐出口的這段話得不到任何回應。

達達宰相的確說過要讓艾爾莎回來。他說要讓她回到這個國家，保障她以維恩國公主的身分過著幸福的生活。

這個腐敗的國家，任誰是國王都已經無關緊要了，即使是達達奪走國王的寶座也無所謂。然而……

如果國王被求刑，他的女兒到底會如何呢？

約瑟夫所知道的毒吐姬艾爾莎，真的能過著幸福的日子嗎？

那個男人真的能保證一個幸福的國度嗎？

「！」

約瑟夫嚎叫似地高聲吼著，揮動著劍，事到如今，他絕對不能投降。

他必須攻陷這座神殿。

抵達達達宰相的身邊。

「約瑟夫！」有聲音在呼喚他，這聲音讓他感到遙遠，彷彿隔著一面牆壁。他此時只覺得唯有砍殺眼前的人就是一切。

然而，嘈雜聲如同波浪盪開，和之前的怒吼以及悲鳴都不一樣。

在期待與絕望之中，有人乘勢叫喊：

「援軍來了！」

約瑟夫回過頭。不知是達達，還是別人——他以為有人送上新的助力。他心想，星之神還沒有拋棄他們。

然而從神殿的外部，傳來夥伴們悲鳴似的吼叫聲。

「維恩軍得到列德亞克的援軍了！」

約瑟夫彷彿被雷打到，停止了動作。

維恩軍，不正是阻擋在自己面前，必須推翻的國家所擁有的士兵嗎？

穿著鎧甲的騎士們和魔法師團湧入神殿。以紅色和深綠色為基調的旗子，屬於維恩的同盟國，列德亞克所擁有。

壓倒性的人數和力量，在一眨眼之間制服了叛軍。

「！」

約瑟夫持起劍，眼中充滿血絲。他已經有了赴死的準備。然而，應該攻向他的列德亞克騎士團分為兩股力量，從這之中出現了小小的身影。

她有著黑色的頭髮、紅色的眼珠，穿著附有皮革防護用具的禮服。她的胸口有星之石，混濁的綠色中散著紅色的星之石發出光芒，綻放出淡淡的火焰。

「艾爾莎……」

約瑟夫用沙啞的聲音呼喚著她的名字。

他呼喚占卜之國維恩的毒吐姬，呼喚他所知道的陋巷棄兒的名字。

列德亞克軍隊進軍的前一刻，房間內只剩下庫羅狄亞斯和艾爾莎兩人。庫羅狄亞斯異形的手指碰觸艾爾莎的胸口。

「我必須向妳道歉。」

庫羅狄亞斯和艾爾莎必須分成兩支隊伍。在兩人離別之際，庫羅狄亞斯這麼對艾爾莎說。

他從手裡拿出來的是艾爾莎的星之石。

綠色的光芒實在是太令人懷念，艾爾莎睜大了眼睛，回看庫羅狄亞斯一眼。庫羅狄亞斯垂下眼，彷彿懺悔似地說：

「妳去街上的那天，我在庭院的草叢裡找到了這個。」

他將石頭還回艾爾莎胸前。

「……為什麼？」

艾爾莎本身也不知道，這句話到底是針對什麼而問。

庫羅狄亞斯一如往常，以不欺騙而率直的話對她說：

「我是找到了石頭，但沒能交給妳。因為我覺得，如果還妳這塊石頭，妳好像就會離我而去。」

離我而去，到我不知道的某個地方。

艾爾莎無言以對，咬了咬嘴唇。她找不出話可以對庫羅狄亞斯說。

自己也許確實是會逃走。從他的身邊，從自己，從一切的一切逃開，即使是無處可去。

到底什麼樣的選擇，對自己、對他，以及其他所有的未來才是正確的？她無從知道。

艾爾莎只是看著庫羅狄亞斯黯淡的綠色眼珠，瞇起了眼，一邊撫摸著自己的石頭，開口說道：

「這是……維恩的星之石，在我出生的時候被賦予的。這石頭只屬於我……也不是說有什麼力量，但是屬於我的東西只有這個，所以說……」

她彷彿要哭出來似地扭曲了臉龐，柔弱地笑了。艾爾莎像是在吐氣似地說：

「我剛見到你的時候，嚇了一大跳……狄亞的眼珠，和我的石頭是同樣的顏色……」

庫羅狄亞斯聽到她這麼說，抿了抿嘴唇，咬緊牙根，彷彿無法忍耐似地喉嚨作響，緩緩伸出指頭。

「——希望妳允許我親吻妳。」

從兩人第一次碰面至今，他都尊重著艾爾莎的意思，從不強硬。此時他卻不待艾爾莎回答，抬起了頭。

他彷彿傾注靈魂似地，將乾燥的嘴唇，靠近垂在艾爾莎胸口的星之石。

庫羅狄亞斯抬頭看止住了呼吸的艾爾莎，低聲耳語：

「我和妳同在。」

——相信我吧。

他吐氣後說道。

「……走吧。時間到了。」

庫羅狄亞斯退開身體，也放開指頭。安．多克和歐莉葉特來到兩人獨處的房間迎接他們。

艾爾莎向背對她的庫羅狄亞斯說：

「狄亞——」

庫羅狄亞斯停下腳步，艾爾莎稍顯猶豫地向他的背影問道。

她握著自己胸前的星石，星石像是棲宿著他的溫暖。

「求求你，告訴我——為什麼你不會感到迷惘呢？」

庫羅狄亞斯單薄瘦小的背影似乎沒有任何迷惘，艾爾莎為此感到很不可思議。

她自己到現在還是什麼都不懂，這麼地害怕啊。

「……我也不知道到底什麼才是正確的。」

庫羅狄亞斯披上安．多克交給他的斗篷，以平靜的聲音說。

「不過，我認為讓我的人民流血的，就是惡了，我絕對不容許這種事情發生。因此我得以在國內穿著比任何人都高級的衣服，吃著比任何人所吃的還要豐盛的食物。上至我的血，下至我的指甲，我的身體都是我國國民所給予的。」

沒有深刻的內容，也不像是鑽牛角尖的樣子，彷彿一切是那麼地理所當然，他說：

「區區我這條生命和這一生，不敢賭下去怎麼行？」

不待艾爾莎作答，庫羅狄亞斯和安．多克一起走出房間。

他頭也不回，踏著毫不迷惑的步伐，留下艾爾莎在房間裡。

歐莉葉特牽起艾爾莎的手說：

「來，我們也該走了。」

她讓她穿上附有皮革護具的禮服。艾爾莎用顫抖的聲音向歐莉葉特說：

「……我好怕。」

她的聲音微弱，如果不集中注意力，彷彿就會被呼吸聲蓋過。然而，歐莉葉特聽得一清二楚。

「我也怕呀。」

歐莉葉特握住艾爾莎的手，像是要包裹住她的顫抖，將體溫傳達給她似的。

從歐莉葉特嫩滑的手掌，也可以看出她絕非是一個習於戰爭的女性。她的丈夫守護著她，讓她有很長一段時間遠離戰爭場面。

然而，這一次為了這位小小的異國公主，她並沒有遵從他丈夫的意思。

「真的很害怕……但是，不是決定要去了嗎？」

艾爾莎的手用力回握歐莉葉特的手。但是，她的指尖依舊冰冷。

「怎麼辦？」

艾爾莎問歐莉葉特，她完全依賴著她。

「如果我的聲音，我說的話，沒有傳達到任何一個人的話……」

如果完全幫不上忙，如果只是助長多數人的死亡和飢餓……

艾爾莎顫抖懼怕，不知道自己這個詛咒的公主，是否真的能親赴戰場。

（因為，我一無所有。）

她沒有任何覺悟，也不曾像庫羅狄亞斯那樣想過要賭上一切。豐盛的餐點和暖和的床鋪竟然有背後的意義；嘴中所說的小麥作為生命，紅酒作為血液，竟然會有代價。

事到如今，不容許她在這種地方佇立不前了。從現在起必須前往未來，前往戰場，然而，她卻止不住顫抖。

艾爾莎困惑畏怯，歐莉葉特抱住她的肩膀，將臉頰靠近她的髮絲說：

「妳只要相信就好。」

她纖瘦的身體，讓歐莉葉特想起某個少女。

「妳的聲音和話語就是力量。相信我們，然後妳要相信妳自己。」

放心好了——歐莉葉特低聲說道。

「妳不是根本就不想照我們的意思過生活嗎？」

歐莉葉特刻意地擺出開朗的神色，指尖用著力。她身為一個巫女，並且決定以一個妻子的身分生活。歐莉葉特說道：

「妳的生活方式，要由妳自己來決定。」

肉燒焦的味道，以及濃厚的血腥味，籠罩著整個維恩的神殿。

艾爾莎的肺充滿著這些味道。

她被人稱為毒吐姬，一直都不知道自己到底為什麼來到這個世上。

如同她毒吐姬的稱呼，她不斷地口吐毒辣言語，傷害別人來保護自己。她一直在慨嘆自己的可憐。

然而，艾爾莎知道光靠如此已經無法再保護自己。保護不了除了自己以外的任何東西，甚至，連自己也無法保護了。

「放下手中的劍吧！你們是同一個國家的人，同樣是國民啊！」

艾爾莎嘹亮的聲音響徹神殿。

「如果維恩的士兵對國王還心懷忠誠，不想背叛國王的話——」

艾爾莎要他們遵照她的話，她傾注全副精力報上了自己的名字。

「我是艾爾莎．維恩提奴！人稱毒吐姬，是這個國家的公主！」

她單薄的胸部起伏，混濁的綠色星之石閃爍著。她一口氣斷然說道：

「奉星與神的命運指示，我將成為列德亞克的王妃！」

像是要證實這句話似的，列德亞克的聖劍巫女就在艾爾莎身旁，她率領著人數眾多的騎士團和魔法師團。

口吐惡言的少女，曾經被人們輕蔑地稱為陋巷棄兒；而今卻以符合公主身分的威嚴，止住了持劍的人們。

大家都訝異得屏住呼吸。可想而知的是，他們都在伺機而動。

自己手中的劍該如何？對方的劍又該如何？這個國家將如何運作？

「城池被攻陷了！」

叛軍中一名傭兵流著血，像野獸般吼叫。

「妳也該被求刑！」

人們之間傳染著緊張的氣氛。因貧窮心胸狹窄的人們，分別嘶吼：

「對！要是國王消失就好了！」

「只要沒了占卜師，這個國家就會變好！」

艾爾莎為這些扎心的話用力握住了拳頭。她的確是從心底想過這些話，如果沒有占卜師，沒有星之神——

然而──

艾爾莎閉上眼睛，握住自己胸前的石頭。

她根本就不知道維恩的國王是誰，連面貌都想不出來。血統又怎樣，父親又算什麼呢？她一直以為王族根本就是披著人皮的異形。

然而，出現在艾爾莎眼前的這一個人卻是那麼地不同。他正和聖騎士一同組成少數的精銳部隊向王城前進。

雖然現在不在身邊。

『我和妳同在。』

但是庫羅狄亞斯這麼說過。

唯有他是艾爾莎的王子，也是她的國王。

（別感到迷惘。）

她只要想起他，畏怯的心就振奮了起來。他毫不感到迷惘的瘦小背影帶給艾爾莎無比勇氣。

這份感情還沒有名字，他們的相遇不是出自於愛情。艾爾莎早就理解到，那個王子對自己一定不是喜歡或什麼的。

他想要的不是艾爾莎，而是為了他稱之為列德亞克的國家，找一位王妃罷了。

然而，這就是他的生存方式。為了背負幾百幾千的生命，背負幾萬幾千萬的血統歷史而生存的方式。

他決心要以一切的生存方式來愛維恩的公主。

而艾爾莎想要相信這樣的他，她強烈地想要牽起他異形的手，相信他。

艾爾莎任憑想像奔馳，只是那一瞬間的事。然後她又抬起了頭，毅然決然地放話說：

「幸福是可以靠流血的多寡來換取的嗎？」

艾爾莎環視人們說。持劍的傭兵之中，也不乏艾爾莎認識的陋巷人們。

她回想起過去的歲月。

「我知道什麼是飢渴，知道空腹的夜晚是多麼寒冷。達達真的不只是口頭說說嗎？他真的能夠帶給所有的人民不飢渴的生活嗎？」

艾爾莎想，如果真能如此就好了，如果真能過這種生活那就好了。

「如果真的能夠如此斷言，那現在就在這裡斬去我的頭吧。」

叛亂的人們一齊將視線從艾爾莎身上別開。他們是有所迷惘的。

他們一直以為達達宰相是他們背後的靠山，然而卻連達達要成為國王都沒有聽說。

自己是不是為了宰相個人的私欲被當作是棋子？他們在心底隱約察覺到了這點，卻置之不理地戰鬥著。舉起的劍不去破壞什麼就無法放下。

「艾爾莎。」

約瑟夫低聲呼喚艾爾莎的名字，並且出現在她面前。儘管他的手臂上流著血，卻依舊握住了劍對艾爾莎說：

「妳為什麼能這麼說呢。妳……妳才是被這些占卜師們遺棄，又被找回來，卻被奪去聲音，嫁到異國……」

約瑟夫的手顫抖著伸向艾爾莎。

雖然現在絕不可能搆著，但是他曾要她回來，說他們是同伴。這隻手曾經好幾次地撫摸了她的頭。

艾爾莎瞇起眼睛。

他說要來接她的話，結果成了謊言。

只要說你騙了我而予以拒絕，是輕而易舉的事——如果是以前的自己，可能就會這麼說，然而，現在的她卻想要相信約瑟夫。

她不知道約瑟夫的出生以及成長背景，他願意照顧她也應該只是對她出身的同情吧。然而，她就是想要相信他。

他既不是情人，也不是家人。

然而，她想要相信他，相信他與她之間的情分。

「……的確，我是認為占卜那種東西根本就是狗屎。」

艾爾莎特地緩慢而咀嚼般說著：

「我希望星之神死了算了，但是——」

要憑著激情逞一時口頭之快地叫喊很容易，但若只是如此，話語是絕對不可能傳達到的。

自己要說出能傳達給某人的話語啊。

艾爾莎深深地吸了一口氣，吐氣。她聚集所有的思念，彷彿讓她只會惡言相向的話語中充滿靈魂。

「不是有人相信那是為了這個國家嗎？」

她抬起頭來，直直逼視著約瑟夫棕色的眼珠：

「約瑟夫，如果我原諒了占卜師，你就會放下劍嗎？」

約瑟夫因為艾爾莎的話扭曲了臉龐。

然後，艾爾莎不只是對約瑟夫，她對著在場的所有人說：

「我保證——絕對不會隨便論斷罪名，絕不再讓大家流血。消除貧富差距，絕對不會輕忽所有維恩的人民。」

艾爾莎沒想到約定保證的話是如此地沉重，然而，這份沉重是理所當然的。

約瑟夫面對艾爾莎毅然決然說出口的話，彷彿聽不懂似地顫抖著嘴唇問道：

「……為什麼？」

艾爾莎不知道他這是在問什麼。雖然她不知道，然而——

如果是問她為什麼能說出這些話，為什麼她會變成這個樣子，那是因為——

「因為我願意相信。」

艾爾莎說。

「不是占卜師，也不是星之神或維恩的國王……而是將娶我為妻的列德亞克王位繼承人——」

他說——

「他說會拯救這個國家和我。」

約瑟夫緩緩地垂下頭，跪坐下來。

他感到精疲力盡。體內的血液緩緩地鎮靜下來，重新找回了五感。

他將自己巨大的劍放置在地面上，放在艾爾莎的腳邊，彷彿遵從了她的意思一般。

約瑟夫是知道艾爾莎的。並非毒吐姬，他所知道的小小少女不幸福、任性，是個孩子卻一直拚命虛張聲勢。

他本來想，為了她，自己必須陪在她身旁。在嫁過去的異國一定也只有痛苦焦慮的日子，所以自己必須幫助她。

然而，現在到底是怎麼回事？現今在眼前的她，早已不是那個小小的棄兒了。

長久以來他們就是親密的朋友。正因為如此，這段話語才如此刺進他的心裡。

我可以相信嗎？——約瑟夫而今在心底問著妻子。他的妻子正懷抱著不安之情，等待他的歸來。

可以相信嗎？

沒想到那個小小的毒吐姬——

會說出相信別人的話呢。

「維恩提奴……」

一名占卜師呻吟似地呼喚著艾爾莎，他滿懷敬畏，頭一次說出口：

「我們的國王被魔法師奧莉薇亞抓住……求刑……」

此時有一名女性向前走出一步。她原本像一個影子似地站在艾爾莎背後，這位列德亞克的象徵，聖騎士的妻子，巫女歐莉葉特傳達道：

「聖騎士前往城裡了。」

占卜師為她的話而顫抖，情緒高昂。疲憊的士兵們內心想起列德亞克聖騎士的英勇事蹟，深深地吸了一口氣。

艾爾莎對他們展現笑容說：

「我不知道達達宰相是多麼厲害的男人，奧莉薇亞是多麼厲害的魔法師——」

她並不擔心。因為，庫羅狄亞斯向艾爾莎保證過：必定會不流血地將維恩的城池歸還給國王。

所以，艾爾莎能夠微笑以對。

她相信庫羅狄亞斯。

「……我的狄亞，絕不會輸給他們喔。」

她以不高貴，但是強而有力，懷抱著意志力的眼神和笑容說道。

她沒有學問，不知道母親是誰，成長背景下賤。然而，在占卜的國家維恩，以及擁有聖騎士的國家列德亞克這兩國的歷史之中，她的事蹟會廣為流傳。

這位公主的話語具有不可思議的力量，無與倫比。

鎮壓維恩城進行得比鎮壓神殿來得迅速精采。

以安．多克為首的精銳部隊揭起列德亞克的徽旗，一舉來到維恩國王的身邊。

奧莉薇亞知道魔法失敗，無法操縱艾爾莎的身體；但是她也許沒想到，列德亞克軍會這麼快就為了維恩發兵。

失去遁逃之處，抵抗到最後的不是宰相，而是他的妻子奧莉薇亞。被捉拿的魔女賭上性命，試著向庫羅狄亞斯施以禁忌的魔法。

在她發動奪去性命的魔法那一瞬間，王子的兩隻手腕發出光芒。

庫羅狄亞斯的身體垮了下來，倒向地面。

然而這並不是魔法導致，而是他自幼便熟悉的手腳重量使然。庫羅狄亞斯已經有許久沒感受到這種感覺，他為這份令人懷念的感覺微微地笑了。

他胸前的黑色羽毛，代他承受了奧莉薇亞的魔法，此時化為塵土。

「……直到最後一刻都還是因它獲救呢。」

在這同時，列德亞克的騎士和魔法師奔向庫羅狄亞斯，將準備在一旁的可動式椅子帶了進來。

在另一個房間內，和宰相對峙的安・多克將聖劍抵在宰相的脖子上說：

「用你的話傳達給維恩的人民吧。」

他命令身為宰相的他進行最後一份工作。

「告訴他們維恩的毒吐姬和列德亞克的異形王相戀，她的心有所改變。」

還有，這個國家新的歷史，不是由一個男人和魔女開創，而是和王國列德亞克一起重新開始。

覬覦王位的男人美夢破滅，他緩緩地垂下了頭。

艾爾莎聽說達達和奧莉薇亞遭到拘禁之後，便將騎士團和魔法師團留在神殿，和歐莉葉特迅速地來到維恩的王城。

艾爾莎在那裡發現庫羅狄亞斯坐在可動式椅子上，她喘著氣奔向他。

「狄亞！」

坐在椅子上的庫羅狄亞斯瞇起眼睛，彷彿這聲音和迴響讓他感到愉快般地，平靜地回答「不要緊」。

身體無法動彈的他，比想像中更為悲慘，艾爾莎的胸口湧上一股悲傷。

然而庫羅狄亞斯像是要抵抗不能自由動彈的手腳一般，微微地搖晃著下顎，以真摯的眼神說：

「艾爾莎……這個國家的國王在裡面。」

艾爾莎瞪大了眼睛。

庫羅狄亞斯唯一能動的頭緩緩地、深深地點了點。

「他想要看看妳。」

這個國家的國王——她想起絕不可能回過身來的背影。他遺棄了艾爾莎，沒有阻止要他遺棄她的占卜師。他，是艾爾莎的父親。

為了維恩的復興，接下來或許將嘗遍辛酸苦惱的國王。

即使被達達捉拿，他在處決前一刻獲救了。

救他的是以庫羅狄亞斯和安．多克為首的列德亞克援軍，他可以說是因艾爾莎而獲救。

艾爾莎確實如同占卜所說的，因為嫁到列德亞克，而拯救了國家。

而國王首度說出想要見見艾爾莎。

「……我——」

艾爾莎像是拒絕似地搖搖頭，她的嘴唇在顫抖。

從她抵達維恩之後，即使看到鮮血或刀光劍影都不曾為之顫抖，但此刻卻覺得胸口悶緊，指尖顫抖不止。艾爾莎靠向庫羅狄亞斯，握住了他不得動彈的手。

庫羅狄亞斯有著和她胸口垂下的石頭一樣顏色的眼珠。即使她為不安所顫抖，依舊握住了庫羅狄亞斯異形的手。

他的手無力，且和人偶一樣冰冷。她彷彿要溫暖他的手，緊緊地握住然後說：

「我還不知道，不知道要怎麼說才好。」

對自己的父親，對這個國家的國王。如果她和他見面，一定會口吐惡言吧。

為了生存下去，為了取悅眾人，她以他為對象，在酒館中謾罵了幾十次，幾百次。

她可能會如之前謾罵他一樣苛責他吧。會責怪他說，事到如今才要找她，之前為什麼都不聞不問；會要他去死，責罵他是無能的國王；會說這種人根本就不是她的父親。

她一直想訴說。

她的怨恨、憎惡、絕望，想要口吐惡言。
想要問他為什麼遺棄了她，為什麼生下她。
如果現在見面，她一定會無視對方的話，只知詛咒吧。
「……可是——」
然而現在，艾爾莎握住庫羅狄亞斯的手，她想要傳達給父親的，完全是別的事情。
「總有一天，我想這麼說——」
艾爾莎無可遏止地顫抖，同時乞求盼望。
「曾經發生過的事也沒什麼大不了的。」
艾爾莎跪下膝蓋，扭曲臉龐，眼裡泛著淚水說。
她心底浮現的，首先是養父死亡後，像乞丐般受凍飢渴的日子；接著便是占卜師們的殘暴，摧毀了她的自尊。
然而——
「我也想說，那些日子帶給我勇氣……」
艾爾莎說，想要擁抱著一切牛存下去。
遵照星與神的命運所指示。

想要說，能夠懷抱著這塊石頭出生真好。

庫羅狄亞斯為她的話語，瞇起了淡色的眼珠。

「不要緊。」

他疼惜似地低語：

「如果是妳，就不會有問題的。」

彷彿是在約定似的。然後，他以稍顯悲傷、著急、痛苦的臉龐對艾爾莎說：

「對不起，我現在無法擁抱妳。」

艾爾莎為他所說的話，一把抱住了庫羅狄亞斯的脖子。

雖然只是一瞬間，她放聲大哭。

同樣年輕，纖細，兩人肩膀所背負的是大量的鮮血和歷史。為了絕不要被這過重的包袱壓垮。

忍住傷痛，嚥下苦楚，將一切的傷痛和苦楚轉化為勇氣，為了開始邁向新的道路。

孩子般的慨嘆已經不再。

這次，艾爾莎終於告別了那幼小的棄兒。

尾聲 毒吐姬與異形的國王

達達宰相和奧莉薇亞被問罪之後，便被關入牢裡。單純的求刑不足以彌補他們的罪行。奧莉薇亞介入占卜術的事也為眾人所知，因而決定重新檢討占卜術與政治的關係。沒有占卜術的國家——這是對現狀抱有不滿的人們所希冀的；然而，不能說這是全體國民的意思。在維恩的一個個國民之間根深蒂固的信仰，不是一朝一夕就能拋開的。民眾必須和占卜術共同生存。就像列德亞克和聖劍共同存在一般，庫羅狄亞斯說明維恩應該能有更好的生路。

讓列德亞克和維恩的關係更為緊密，讓議會不只是徒具形式而成為名副其實的議會。他保證列德亞克將會盡其所能支援並且給予援助。

在留下對政治有見識的列德亞克魔法師，待街頭平靜下來後，安．多克、歐莉葉特、庫羅狄亞斯及艾爾莎一行人踏上返回列德亞克的歸國之途。

雖然早就有所覺悟，但庫羅狄亞斯無法動彈的四肢，在異國的城中仍是極大負擔。

他應該想要盡快返回列德亞克，然而滯留維恩期間，庫羅狄亞斯從未抱怨。

他總是維持毅然決然的態度，這些痛苦也會讓他更為堅強吧。艾爾莎對於就在身旁小小的他這麼想著。

他們一行人從維恩出發的那天，歡送他們的維恩人群中有人呼喚著艾爾莎的名字。

「艾爾莎！」

不是呼喚維恩提奴，而只叫著她的名字「艾爾莎」，這無畏而不敬的呼喚聲，讓艾爾莎回頭張望。

「約瑟夫……」

回首一看，原來是手腕包著繃帶的約瑟夫。倚在他身邊的，是他稍微發福的妻子，梅莎麗。

「艾爾莎，回來吧！」

約瑟夫用力揮手說。周圍也有和艾爾莎共同在陋巷生活過的人們身影。

「我們曾經是伙伴啊！再一起在這個國家過日子吧！」

她不認為這句話是當真的，艾爾莎知道他並不是那麼愚蠢的男人。

但是，也許他是想要履行他曾經對她說過的話，履行「我會來接妳」這句話。

即使知道艾爾莎選擇了什麼，相信誰，必須如何生存，也依然——回來吧。他說。

他一定是為了想要向艾爾莎證明，在這個國家生活過的那些日子，絕不全然是痛苦的。

艾爾莎茫然地望著他們，一旁坐在椅子上的庫羅狄亞斯平靜地對她說：

「要過去嗎？」

他這句話說得極為輕淡，極為自然，艾爾莎為此嚇了一跳，回頭看著庫羅狄亞斯。

四肢失去自由的異形王子並未看著她。他望著遠處呼喚艾爾莎的人們，瞇起眼睛說：

「我雖然是王子，但是的確像棵營養不良的豆芽菜——」

艾爾莎感到訝異。因為過度的驚訝，說不出話來。

她沒想到，事到如今他會提起初次相見時她說過的話，也沒想到他竟然還記得這句話。

庫羅狄亞斯一副不會為了毒吐姬的惡言受傷的樣子，卻一直記得剛見面時艾爾莎對他所說的話，耿耿於懷。

「沒有什麼威嚴，長得也不好看。說起來就算丈夫是國王，根本就沒有任何好處。」

他扭過不能動彈的四肢中唯一自由的脖子，像是在鬧彆扭似地說著，緩緩地回頭看艾爾莎。

「我能保障妳一生都不會餓肚子。但是，代價就是——」

他的身體不能動彈，就用語言竭盡所能地說著：

「我說，要妳一生都獻給我。沒有自由，性命也曝於危險之中，真的不是件好差事。」

帶有香油芳香的風拂過兩人的頭髮，艾爾莎將飄散在她臉龐上的髮絲攏向腦後，小聲低語：

「……連狄亞也想過這種事啊。」

庫羅狄亞斯別過視線，點點頭。

「對，我一直在想這些。」

他的話毫無欺瞞，他接著以毅然決然的聲音說著：

「但是，我是列德亞克的王子。我不想被人家說，我不用當王子也無所謂。」

然後他靜靜地垂下睫毛，垂下視線，像是隱藏憂鬱般淡淡地微笑，庫羅狄亞斯低語：

「……但是，如果妳不希望人家稱呼妳為公主，或者是我的王妃；如果妳有不靠這些稱呼的生存方式和去處——」

他緩緩地閉上眼睛。他的動作，似乎要將他和艾爾莎兩人的未來，放手片刻。

「這也是妳的另一種選擇吧。」

艾爾莎聽到庫羅狄亞斯充滿疼惜的話後，緩緩地將嘴唇抿起。

她的雙頰熱了起來，臼齒牙根湧起力量。她的胸部劇烈起伏，然後，發出聲音用力拍打庫羅狄亞斯坐著的椅子把手。

艾爾莎胸前的綠色星石，宛如表達她的意思似地跳動了起來。

「你這個人真是的！就算你再怎麼聰明！根本就是不懂女人心的狗屎男人！」

她怒氣沖沖，庫羅狄亞斯不禁睜開雙眼，抬起下顎仰起臉龐。

「是嗎……？」

艾爾莎似乎為他的這副模樣更加憤怒，再次毆打他坐著的椅子說：

「對！」

她說完後，撕裂禮服，輕巧地反轉過身子。她的黑髮反射著明亮的陽光。

「再見！」

艾爾莎以響亮的聲音向庫羅狄亞斯自顧自地告別後，背對庫羅狄亞斯，猛然踏出步伐。

在離開了以庫羅狄亞斯為首的列德亞克一行人後，艾爾莎來到約瑟夫身邊，和他們說了幾句話。

他們為了再次相逢喜悅不已，彼此用力握手。她和梅莎麗緊緊相擁，向梅莎麗道出她一直沒能說出口的祝福話語。

庫羅狄亞斯看著她單薄的背影，輕輕地嘆了一口氣，垂下視線。

艾爾莎沒有在約瑟夫身邊待上多久。她再度響起腳步聲，猛衝回列德亞克一行人之間後，抓住不能動彈的庫羅狄亞斯胸口說：

「你不留住我嗎！」

艾爾莎聲嘶力竭地吼叫：

「就只有我、就只有我、就只有我像傻瓜一樣！」

她繼續粗暴地抓著庫羅狄亞斯的胸口，搖晃他的身體。

「你就不會說，就算我不是公主，還是要選擇我嗎！」

她像個小孩子不聽話地亂發脾氣，用泛著淚水哽咽的聲音說著。為此庫羅狄亞斯驚訝不已，無比困惑似地低語：

「……可是，我是一個王子，再怎麼樣，妳還是會變成公主……」

「臭王子！」

這次庫羅狄亞斯的話似乎真的觸怒了艾爾莎。艾爾莎粗暴地放開他的胸口，依舊一臉盛怒地說：

「算了！我不會再對你抱著期待！我會成為你的王妃，總有一天絕對會讓你這麼說！」

她將肩膀上的髮絲拂向背後，以人稱毒吐姬的響亮聲音宣言：

「我會讓你說出，你想要的不是公主，而是我！」

衣服凌亂的庫羅狄亞斯為她這句話瞇起了眼睛；他想要動手整理衣服，卻想起他的手不能動彈，將視線稍微游移了一會兒後說：

「呃……我是不知道到底要怎樣，才能將那些話說出口……」

他不清不楚地小聲說，讓艾爾莎像是要和他爭辯似地又開口。

他望著她紅色的眼珠，距離之近，甚至能感受到吐出的氣息。庫羅狄亞斯依然以清澄的眼睛，毫不迷惑的聲音說：

「同樣是公主，我只要妳。」

艾爾莎睜著眼睛，說不出話來。她忘卻該說出口的惡言和聲音。

彷彿要對她乘勝追擊似的，庫羅狄亞斯緩緩低語：

「我只要妳這位毒吐姬。」

艾爾莎閉上嘴，喉頭發出聲音。她細細的眉毛依然描繪出傾斜的角度，但是從頸部徐徐升上來的熱氣，絕非只因為憤怒所使然。

她張開嘴，然後又閉上，像是要甩開什麼似的用力搖頭，然後直直瞪著庫羅狄亞斯說：

「……比真昼姬好嗎？」

艾爾莎的問話像在耍性子，庫羅狄亞斯感到詫異，一瞬之間困惑地不知如何回答，只能望向空中。

「……」

雖然這只是數秒之間的事，艾爾莎又氣得聳起肩膀，怒髮衝冠。

「喂！你剛才想了一下！想了一下吧，你這個笨蛋！我最討厭你！」

毒吐姬竭盡所能地喊叫辱罵，庫羅狄亞斯高聲笑了起來。

如果他笑著說「真可愛」的話，艾爾莎又會惡言相向，因此庫羅狄亞斯只得歪過脖子，對著在背後守護著他們的安．多克和歐莉葉特說：

「安迪，你聽我說！艾爾莎好可愛！」

安．多克自始至終望著他們，笑著豎起一隻指頭說：

「世上的女性就是這樣，你上了她們的當，以後就有你受的。」

當然，他隔壁的妻子立刻用力捏了安．多克的臉頰。

艾爾莎紅著臉一直在生氣，庫羅狄亞斯對她低語：

「艾爾莎，妳願不願意和我一起回去？」

艾爾莎一時說不出話來，不是因為躊躇猶豫。庫羅狄亞斯已經為了艾爾莎賭上許多東西，連艾爾莎本身都覺得，他賜給她那麼多東西，直接將她擄走都是理所當然的。

然而，他卻還願意詢問艾爾莎的想法。

他告訴她可以選擇生存方式，要艾爾莎自己做選擇。他接下來所說的話不是命令，而是出自於他打從心底的願望。

「回到我們的國家、我們的城堡，走出這個國家……然後，艾爾莎，妳願意成為我的妻子嗎？」

艾爾莎不回答。她咬緊牙關，臉龐因痛苦扭曲，用力地握住胸前的石頭。彷彿為自己無法傳達任何重要的話感到羞恥似的。

自己終究到哪裡都只是一個毒吐姬——她想。

艾爾莎到底要往何處去？庫羅狄亞斯曾經一邊擦拭著艾爾莎的腳，一邊說希望艾爾莎哪天能告訴他。

自己到底要往哪裡去呢？

該不該說出口？會不會顯得很蠢？自己連一句感謝的話都還不會說，卻竟然會想要回到他的身邊。

庫羅狄亞斯一副看穿一切的表情微笑著，對快要哭出來的艾爾莎繼續說：

「附上美味的餐點喔。」

艾爾莎用手拭去泛出來的眼淚，用沙啞的聲音罵道：

「別……別以為每次都能用食物釣上我！」

艾爾莎的回答滿懷憤怒之情，到底她是答應還是不答應？庫羅狄亞斯已經毋須去確認了。

然後，庫羅狄亞斯的眼瞳溫和地搖動著，他雖然無法伸出手，卻代之以極為溫柔的聲音對艾爾莎說：

「我所能保證的只有這個——為了絕對不讓我的人民，以及妳的人民陷於飢渴，我必須竭盡所能。所以……」

「好啊。」

艾爾莎散開頭髮，紅著鼻尖插嘴說。

直到最後，他對艾爾莎都不曾用我喜歡妳、我愛妳為理由。就算是這樣也好——艾爾莎想。他既然要選擇這樣的生存方式，自己也只需以自己的意思，選擇在他身邊就好。

她不再握著胸前的石頭。

星星在她的胸口，也在他的瞳孔裡。

「如果你認為要我這個毒吐姬就好——」

她的心還在作痛。艾爾莎還沒有能力說「一切都沒什麼大不了的」。

然而，她以無人可及的美妙聲音，漂亮的話語斷然說：

「我會讓你幸福的。」

庫羅狄亞斯聽著她強而有力的話語，笑了。

她是艾爾莎，占卜之國維恩的毒吐姬。

她曾經大聲宣揚列德亞克的人們根本就是童話狂。然而她和擁有異形四肢的偉大國王，共同成為童話中主角的日子，就近在眼前了。

END

番外篇

初戀的禮物

維恩的內亂結束了，回到列德亞克王國的庫羅狄亞斯王子與艾爾莎公主，將來龍去脈都報告給國王。艾爾莎．維恩提奴也以列德亞克王子正式婚約者的身分受到歡迎。

與此同時，等待著艾爾莎的，不只有針對公主，還有一國王妃所必備的各種教育。然而，現在可不是拒絕這些的時候了，艾爾莎以凜然的姿態說著。

「我雖然未曾成為一位公主，不過我已經決定要成為一位王妃了。像我這種男人婆，想必得花上不少功夫，但都已經走到這裡了，之後的我都奉陪。」

接下來就麻煩你們了，艾爾莎說。她說這話時的姿態，讓王城中的人們都深感敬佩。畢竟這與她剛來到這個國家時所說的話相去甚遠。庫羅狄亞斯對她展現出的誠意，竟能讓那個毒吐姬說出這樣的話。

下定決心的艾爾莎既順從又貪心。彷彿要讓那纖細的身體充滿健康的血液般，從貴族的行為舉止到各國的文化、歷史等，她努力地學習各種事物。

這些都是為了孕育出自己的話語、為了得到力量所不可欠缺的。

另一方面，在維恩舉兵鎮壓時，庫羅狄亞斯冰冷而僵硬的四肢，在進入列德亞克國境的瞬間便取回了自由。然而他也絲毫沒有喘息的空間便開始處理各種事務，現在也還以華美的辭藻寫著給他國的文書。看到這樣的他，艾爾莎又再次地感嘆「原來是真的啊」。

比起維恩的城市，列德亞克的王城是更熟悉的地方。兩人獨處時，她就抱膝坐在政務室的椅子上。

庫羅狄亞斯手沒有停下來地問：

「什麼意思？」

「我指的是，原來真的是用魔法驅動的這件事。我並沒有懷疑喔，只是就在眼前發生還是讓人覺得不可思議。」

庫羅狄亞斯隨著她的話垂下視線，眺望著自己手腕上所浮現的花紋。

「也由此可知，夜之王的魔力是多麼纖細而強大……真的是，向他們國王借了卻無法返還的東西越來越多了呢……」

庫羅狄亞斯如此說，他的側臉露出些微的苦笑，彷彿有點陰鬱。或許是感到卑微吧，這對他而言是鮮有的表情，艾爾莎看著他說：

「那個，要去拜訪夜之王嗎？去報告這次的事件。」

就像之前也去晉見過灰髮的國王那樣。對於艾爾莎的提問，庫羅狄亞斯那玻璃珠般的眼眸彷彿要落下般地瞪大。「怎麼可能。」那個王的任何貢獻都不會為人所知，這便是這個國家的治國之道，這件事未來也不會改變。

這是無法更改的決定，庫羅狄亞斯說。要盡量不依賴夜之王的恩惠，同時又不能引起對立或紛爭。

對他所說的話，艾爾莎以一聲似有若無的「嗯哼」曖昧地回應後說：

「但是，真昼姬可以到這個城堡裡來對吧？」

沒錯，庫羅狄亞斯點頭。

「她是自由的。」

庫羅狄亞斯說，如果她想要的話，地位、食物、金錢等都能得到。

然而，人生在世的所有事物，都不是那個真昼姬所追求的，庫羅狄亞斯追加這句。

那個小小的角鴞，向一國的王子提出的要求，就只有「請幫幫我」，也只有這麼一次而已。而從今以後，最好也能這樣維持下去。她只是孤身一人，握著夜之王的手活下去。

邊想著這些事情，艾爾莎持續眺望著閉上嘴沉默不語的庫羅狄亞斯的側臉。

「狄亞自己不會想見真昼姬嗎？」

她下定決心後開口問道。這個問題讓庫羅狄亞斯雙眼睜開，接著稍微垂下視線說：

「如果我說不會……那就是在說謊。」

他斜倚在靠背上，雙手交握。

「但是，我說了這是無法更改的決定吧。我是不會去的。雖然若沒有他們國王的力量我也無法得到這份自由……如果明天所有魔法都被解除，我又失去四肢的自由……」

庫羅狄亞斯微歪頭，偷看著艾爾莎說：

「艾爾莎也不會捨棄我吧？」

那個……傲慢、無懈可擊、要說的話實在是過度「做作」的說話姿態，讓艾爾莎臉紅了起來，為了掩蓋臉紅，她以強調的口吻說道：

「——才不是這樣咧。我只是，那個，問問看是不是要去打個招呼而已。」

「嗯？」

庫羅狄亞斯微微歪頭，艾爾莎則是再次面對他。

「你們國家的決定啦、歷史啦、或是什麼時運啦我都不管，只是維恩國剛好受到那個真昼姬的照顧。這沒錯吧？雖然不知道你想怎麼做，但就我個人而言，是想跟那位公主道個謝。這有那麼奇怪嗎？」

「當然不奇怪。」

庫羅狄亞斯的頭上下左右晃著。

「角角下次來城裡時，我也打算給她應得的謝禮。」

「我——說——啊！」

艾爾莎不耐煩似地跺著腳。

「我的意思是，我並不是想要你這樣做！只是因為我自己的事情受人家照顧，所以是我想要跟她道謝！」

艾爾莎當然沒辦法阻止庫羅狄亞斯王子誠心地向真昼姬道謝，然而，她心中卻有著不甘願的心情。不管如何，不知為何，就是不開心。究竟不想要什麼，又為什麼不想要這樣，如果鑽牛角尖地去思考好像會變得一肚子火，所以現在就先擱下不管。

對於這樣纖細的心情，遲鈍得完全不了解的庫羅狄亞斯說著「那當然，到時妳也想在場的話——」艾爾莎卻打斷他想繼續說下去的話。

「那我想去夜之森那個地方不行嗎？」

「不行。」

他回答得很迅速，也可以說是太迅速了。對於總是思慮周全選擇詞彙的他而言，是難得的性急。

「夜之森中可是魔物的勢力範圍，太危險了。讓妳一個人去是不可能的。」

「那不然，我帶安迪或歐莉葉特一起去呢？」

「那樣也會有問題。他們並不是我的私人軍隊。當然，以王族的身分命令他們是可以的——」

「開玩笑。要用命令的我是敬謝不敏。」

艾爾莎聳聳肩，敏銳地點點頭，理解到「不過，這樣會變成命令啊」。

庫羅狄亞斯一臉為難地皺起眉頭，持續以強硬的口吻說：

「總之，無論妳有多想要，也絕對不准踏入夜之森中。那個森林雖然是我國的友人，但並不在我國的統轄之下。」

對於庫羅狄亞斯的話，艾爾莎只以「嗯哼」曖昧地回應。原本庫羅狄亞斯還想繼續說下去，但此時有女侍來呼喚二人，因此對話便先就此打住。

各種顏色的花朵，燦爛的寶石，絲綢面紗。

豐饒國家的市場中，有許多令人喜悅的東西。

每次踏上未曾踏足的地面，分明不是出生於這個國家的艾爾莎，卻能感受到這個國家的血液在身體中流竄。

艾爾莎為了在充滿拘束的王城生活中喘口氣而跑到城下的事，庫羅狄亞斯雖然知道但並未阻止。不僅如此，從艾爾莎口中聽到城下的各種事情，更是讓庫羅狄亞斯的內心感到喜悅。

艾爾莎將美麗的黑髮藏在帽子中，穿著方便行動的少年般的服裝跑到城下。雖然在列德亞克城中四處可見正在準備婚禮的公主畫像，但沒有任何人發現跑到街上的艾爾莎本人。這是因為她的行為已完美地融入市井街道之中。

當然，到城下散步並不是只有開心的事情。從人們的口中有時可以聽到對政治的不滿，甚至是異國公主的不好傳聞。

然而，這並不會對艾爾莎的內心造成傷害。說體制的壞話對過去的艾爾莎而言可是拿手好戲，她只覺得「要是我會說得更難聽」。

廣場中的詩人一定將艾爾莎歌頌得很美吧。

但艾爾莎覺得，在人們之間因為好奇心而隨口說出的話，想必更適合自己吧。

艾爾莎在內心某處也發現了。

這個國家的人們，其實更希望王子與那個故事中的真昼姬在一起。

（不過，這也是理所當然的吧。）

邊逛著市場，艾爾莎在心裡碎念著。

（那位公主更適合這個傳統的國家。）

就算是艾爾莎也知道這件事。但就算是這樣……

邊想著這些事邊神情凝重地眺望著市場上陳列著的裝飾品時，背後出現了以親暱的語氣出聲搭話的人影。

「今天一個人來買東西嗎？可以的話一起逛如何？」

以輕快的語氣說著話的，是這個國家的聖騎士安．多克。艾爾莎睜大隱藏在帽子之下的雙眼。

「真難得。妳也會看這些東西啊。」

「這個……？喔，不是我自己要用的。我只是在找可以當禮物的東西。」

「禮物？」

兩人混在人群中，邊喝鮮榨果汁邊在市場中閒逛。這之中，艾爾莎將前幾日與庫羅狄亞斯的對話說給安迪聽。

「——嗯，所以是要給角鴞的？」

「對。雖然狄亞說他會準備，但也不能這樣。或許狄亞他不理解吧……」

說到那個真昼姬，我的感覺有點複雜，艾爾莎一說，安迪便理所當然似地點著頭。

艾爾莎覺得正好，便詢問安迪知不知道真昼姬喜歡什麼。

「角鴞喜歡的東西，嗎？」

安迪抬頭看著天空。

「不管是什麼她都會很驚訝又很高興吧。她對所有的愛都會毫無保留地接受。」

「這是最令人困擾的答案！」

「我就知道妳會這麼說。」安迪苦笑著說。

「不過也是呢。來市場看看是對的。這裡有很多角鴞喜歡的東西。」

接著，安迪給了許多建議。不需要是高價的商品，有文字的也不太適合，身上的裝飾品她也不是很重視。

但是她喜歡漂亮的事物。

還有，喜歡甜食。和妳一樣呢。

艾爾莎一一品吟著這些話，努力思考。看著她的側臉，安迪原本想說些什麼，但是打住了；取而代之的是問她，接下來他有事要進王城中處理，要不要一起回去。

「謝謝。不過，從明天開始要準備下次的祭典，大概沒辦法出王城了。我想要再逛一下市場。而且我也得買伴手禮回去給狄亞才行。」

這樣啊，那要小心喔。兩人就此分開。要去市場買東西的話，安迪實在是太顯眼了。在這個國家中，就連小孩子都知道他。

（漂亮的東西、花、甜食……）

是人工的東西好呢？還是自然的產物比較好？

就在此時，艾爾莎聞到一股甜甜的香氣。吸引人的是純粹又香甜，令人肚子餓的香味。

「來唷，久等囉！今年也是剛烤好的喔！」

在露天攤販上陳列的，不知是否是即將到來的祭典上會用的特別供品。是畫上月亮與太陽，色澤豔麗的烤點心。

（看起來好好吃。）

買給庫羅狄亞斯好了。就算不買，也要個一口來吃吃看……她邊想著邊走，不知不覺走到市場後面，在一條隱藏小路的裡，突然聞到一股香油的氣味。

這個香氣，苦中帶甜，是異國的——對艾爾莎而言是母國的祭典上會使用的東西。

偷看一下隱藏在好幾層薄布後的入口，艾爾莎想確認裡面在賣什麼。

雖然是大白天，但裡面浮現淡淡的光芒，艾爾莎與木雕玩偶那對金屬的眼睛對上眼。

在飄散香油味的室內，放了各式各樣的東西。這不是普通的雜貨店，這是艾爾莎的直覺。

「占卜的店？」

警戒地看了店內一圈，有一片刺繡吸引住艾爾莎。薄薄的手帕上有以淺色線繡成的圖案。艾爾莎輕輕地伸出手指。

就在此時——

「我可沒有東西可以賣給你這種分不清東西是真是假的小鬼頭。」

嘶啞的聲音讓艾爾莎趕忙回頭。看見的是一臉不高興的老婆婆。她打量著艾爾莎，但艾爾莎毫不畏怯地說：

「雖然我不知道什麼是真的什麼是假的，但我知道這東西做得很好。」

她故意用少年般輕浮的口吻說。

「因為這個是本國王子手腳上的夜之王的刻印吧。做得那麼容易辨識的還真是難得。」

對於艾爾莎的指摘，老婆婆並未變臉，或許並沒有覺得不開心吧，她彎著腰站起身來問：

「在找什麼嗎？」

艾爾莎稍微想了想後說：

「有更有夜之森感覺的東西嗎？譬如說——關於真昼姬的東西。」

艾爾莎並不是真的想在這裡買東西，只是有點興趣。想說或許可以得到一些禮物的靈感也不一定。

老婆婆想了一下，從架子深處拿出一個燭台。

在燭台上的也沒有什麼特別的，就僅僅是一根蠟燭。

「這個是？」

「這個被稱為除魔的蠟燭。以前，真昼姬曾經送給在森林中迷路的獵人，蠟燭當中含有特別的花的雄蕊。」

「特別的花？」

「煉花……也有人稱之為煉獄之花，是在夜之森的深處群生的特別的花。擁有很強的除魔力量，據說可擊退各種魔物。」

煉花。這個名字，艾爾莎也曾經聽過。

第一次見面時，真昼姬就曾以煉花的顏色來形容艾爾莎的眼眸。

「只要有這個蠟燭，就不會被夜之森中的魔物攻擊了嗎？真的嗎？」

「信不信由妳。我曾將這個蠟燭借給去夜之森的人，如今蠟燭又平安地回到這裡。這無非就是最好的證明。」

嗯……艾爾莎瞇起眼睛盯著蠟燭。究竟補上了多少次蠟呢？蠟燭上有年輪般特別的紋路。

好奇心浮現。只要用這個，就可以踏足那個夜之森了嗎？

不知是否她的猶豫被察覺了。

「不過，當然不是免費的。」

聽了老婆婆的話，艾爾莎抬起頭。

「多少？」

但我手頭沒多少喔，她半開玩笑地說。彎腰駝背的老婆婆維持那樣的姿勢，彷彿低著頭說。

「不要錢。只是，請以妳掛在脖子上的星石來代替——公主。」

老婆婆這時候，才第一次如此稱呼艾爾莎。

艾爾莎圓睜大眼。她真心為偽裝被識破感到驚訝。

「被識破了啊。」

她握住隱藏在衣服下，掛在胸前的星石。老婆婆很直爽地點頭。

「不是占卜師是不會知道的。就算妳隱藏妳的頭髮、妳的眼眸，或是妳的聲音，妳的星石還是特別的。」

用蠟燭交換跟妳借星石一晚，這樣就可以知道星石的意志。老婆婆靜靜地說。

艾爾莎想了一下後聳聳肩，從脖子上將星石摘下說：

「拜託請妳不要拿去亂用喔。這個是我——唯一的財產。」

當然，絕對不會。

老婆婆恭敬地收下，取而代之將插上蠟燭的燭台遞過來。艾爾莎邊接過來邊問：

「我可以問一個問題嗎？」

她微微地垂下眼睫問：

「這個蠟燭，是否也曾經借給這個國家的王子呢？」

老婆婆沒有回答，但那份沉默已經說明了一切。

舉例來說，戀情究竟是怎樣的東西呢？

艾爾莎從來沒有問過自己這樣酸酸甜甜的問題。淡淡的初戀沒有結果就結束了，在尚未開始新戀情前，結婚對象就已經決定好了。

當然，艾爾莎已經決定要跟那個人一起生活了。

然而，她不知道那是不是戀情。戀情究竟是什麼呢？如果是戀情，是否可以更符合內心所想呢？

現在，這或許就是戀情也說不定，艾爾莎如此想著，踏入夕陽時分的夜之森中。

胸前有一個裝了禮物的紙袋，手上則拿著裝了蠟燭的燭台。

絕對不能自己一個人踏入的地方，她沉默地踏入了，這也算是一種背叛吧，是否會傷害那個誠實的王子呢？但就算如此——

（只要一下下——）

胸前的紙袋中還隱隱約約透出一點熱度。聽說夜之森是個可怕的地方，卻絲毫沒有水鳥的氣息。究竟是除魔蠟燭真的有效呢，還是說那些魔物只存在於傳說之中呢……

不安地抓住胸前的衣服，但星石並不在那裡。艾爾莎再次感受到這個事實。

在一片黑暗當中走進森林深處，艾爾莎吸了一大口氣。

「真昼姬！」

那是可以響徹所有方位，充滿力量的聲音。她邊說邊摘下自己的帽子，以高亢的嗓音訴說：

「我是艾爾莎！要在列德亞克，成為庫羅狄亞斯王子妻子的人！」

浮在天空中的是細細的一彎白月，等太陽落下後，就會變成閃耀的金黃色吧。

「我來見妳了，真昼姬！」

剛說完的瞬間——

大樹蠢蠢欲動似地晃了一下。不，是大樹的影子，才這樣想時……不，不對——那是巨大的……

巨大的，異形的影子，瞬間遮住了天空中的月亮。

「呀——」

蹉！地一聲，落在草叢上的是白色的物體。邊說著「好痛痛痛」邊爬起來，卻又爬不起來，只能從枯草堆中探出一顆頭來。聲音的主人說：

「角鴞，不叫做那個名字唷？」

很直接，實在是太直截了當的登場了。與初次見面時毫無改變，服裝著重方便活動。只是身上到處黏滿枯草，夜之森的真晝姬向後轉，然後揮揮手。

「庫羅，謝謝你囉！」

那個究竟是什麼的影子呢？毫無魔法素養的艾爾莎完全看不出來，正前方的真晝姬轉過身來。

纖細的四肢，稍微留長了的髮絲，閃耀的眼眸。大方明亮的笑容也一點都沒變。

接著，就像是年幼的孩子在模仿大人般，行了個蹩腳的禮後說：

「別來無恙，艾爾莎。我是角鴞。這樣對吧？」

艾爾莎挺直背脊，放下行李，以漂亮的姿態回了一禮後，表情緊張地說：

「好久不見。之前的內亂中，庫羅狄亞斯王子受了夜之王的恩典幫助，我今天是為了送謝禮來——」

「謝禮？」

輕快地縮短距離的角鴞，如撒嬌的小動物般由下往上盯著艾爾莎。被那三白眼的瞳孔射穿般，艾爾莎紅色的眼眸不禁動搖了。然後，她再三再三地選擇詞彙，終於像是轉達般地說：

「是狄亞救了我。如果無法如願晉見夜之王的話，那就見妳。我覺得應該跟妳道謝，所以才來的。」

嗯——角鴞手指抵著下顎說：

「貓頭鷹呢，是不會跟人類之子見面的。不過，所以，由我來聽妳說。」

她笑了，如花綻放一般。

「謝謝妳來送謝禮。」

那率直的話語讓艾爾莎覺得胸口一陣悶痛，什麼都說不出口，角鴞看著她手上的燭台。

「好懷念！這個是煉花的蠟燭！」

角鴞都這樣說了，那這個是貨真價實的真品了。艾爾莎還是一臉緊張地將抱著的紙袋遞去。帶有香氣的花瓣中央，是繪有月亮與太陽意象的烤點心，光是打開紙袋，砂糖與奶油的香氣便飄散出來。

「哇！角鴞喜歡這個！」

角鴞邊說邊轉起圈圈，裙襬翻騰起來。

「雖然貓頭鷹是不吃的，但是喜歡看我吃的樣子。」

所以，貓頭鷹很開心，我，很幸福。

比砂糖點心還要甜蜜的話語，不知為何讓艾爾莎有點想哭，她輕輕地吸吸鼻子。角鴞眨了眨眼睛。

「怎麼了？艾爾莎很難過嗎？有哪裡痛嗎？」

被這麼一問，艾爾莎才開始感覺到痛。

心，很痛。

因為她正在戀愛。

艾爾莎握著燭台，低著頭說：

「狄亞……王子有到這裡來和妳見面嗎？我以後也會來這裡看妳。」

因為，這種事情，沒有人可以問。也沒有辦法問。但是，就是想問問誰。可以問誰……可以問的，就只有妳了。

「我明明不是他的第一，卻要成為他的妻子，這樣真的可以嗎？」

我完全無法與妳匹敵，也不想與妳相比。然而，胸口好痛。唉，我真的是，如此的……

角鴞抬著頭，以溫柔的眼神盯著呆站著的艾爾莎，悄聲，如耳語般地說：

「狄亞啊，只有拿著這個蠟燭來過森林一次而已。」

艾爾莎驚訝地挑起眉毛。

「手腳可以活動後，為了道謝而來。安迪也一起。雖然還是沒有見到貓頭鷹就是了……那時狄亞也帶了這種點心來喔。在城下我有說過我喜歡，他就記住了。妳知道這件事嗎？」

不知道，艾爾莎想。她忍住眼淚搖頭。對於庫羅狄亞斯和角鴞彼此抱有好感這件事，她無從得知，也無法阻撓。不論是過去，抑或是未來。

角鴞輕聲地笑了。

「妳不知道這件事，卻選了這個給我嗎？」

我真的好開心喔，角鴞說著抱住紙袋。像是歌唱著、踩著舞步般地說：

「狄亞和艾爾莎，你們的心思一模一樣！你們很相配喔！」

還有啊，我跟妳說，角鴞繼續說著：

「狄亞很快就要來這裡了。」

咦？艾爾莎不禁驚嘆出聲。角鴞垂下眼瞼抬起下巴，彷彿感覺到什麼的氣息似地轉著頭。

她額頭上的花紋，散發出淡淡的光芒。

對什麼東西起了反應。

「是追著艾爾莎來的。快點回去吧。他非常非常擔心艾爾莎。啊，安迪也多事地跟著來了。」

「那妳呢？」

如果狄亞來了，一定是為了見角鴞，艾爾莎心想。

然而，角鴞搖搖頭。

「早一刻也好，我想要快點讓貓頭鷹看這個點心。」

所以我不能去，角鴞邊說邊背對艾爾莎。

還來不及開口阻止，她就跑走了。簡直像是背後長了翅膀似地輕快的腳步，跑到一半還回頭看艾爾莎。

「幫我跟大家問好！」

謝謝妳給我我最喜歡的點心。

下次我會去城裡玩——

留下這些話，夜之森的真昼姬就如風一般消失了。神奇的是，白晝的終結，正是夜晚的開始。

「艾爾莎！」

夜之森中傳來呼喚聲。

「艾爾莎，妳在哪裡？」

強而有力的叫喊聲。纖細的身材震動著喉嚨發出沙啞的聲音。非常、非常用力地叫喊著那個名字。

艾爾莎有一瞬間猶豫著要不要回應。

然而，就像是迅速察覺她的猶豫似地，庫羅狄亞斯找到了艾爾莎，他衝過來，緊緊地抱住她的身體。

讓人絲毫不會想到那是靠魔法驅使才能行動的身體，非常，非常強大的力量。不是肌肉的力量，是意志的力量，願望的力量。

雖然艾爾莎不知道他的肩上擔負了多少政務，但她想，庫羅狄亞斯在發現她進入這個森林時，就捨棄了一切而來吧。

燭台發出喀啦喀啦的聲音倒下，燭火熄滅了。

夜之森中，黑暗降臨。

只有月光滿盈。

「……對不起。」

艾爾莎以沙啞的嗓音說，像是捨棄了一切。

「有沒有受傷？我找妳找好久！」原本就蒼白的臉色變得更慘白的庫羅狄亞斯問。

「沒事。我有借到驅除魔物的蠟燭，所以……」

「我應該有說不准這樣做！」

一確認艾爾莎平安，庫羅狄亞斯的怒吼如回馬槍而來，他用力地抓住艾爾莎的肩膀。指尖用著力，顫抖著。接著他的悔恨流瀉而出，彷彿對於他放聲大吼一事打從心底後悔般地呻吟。

「不可原諒……我沒有，讓妳，自由。我——」

「不是的。」

艾爾莎將額頭靠在他的肩上，像是在磨蹭似地搖著頭。

「是我，沒有聽從你的話。」

對不起。艾爾莎耳語般地說。

其實，當我看到你有多麼感激真昼姫的時候我很不甘心，感覺糟透了。

她是那麼漂亮、充滿慈悲而單純，彷彿是夢裡才會出現的人。

如果我一開始就能說出口就好了。就算我不是庫羅狄亞斯的第一。

我對你的心意毫無虛假。

這番話讓庫羅狄亞斯露出無奈的表情。他一臉迷惑、猶豫又煩悶地，從蒼白的嘴唇中擠出聲音。

「我阻止妳跑到森林，是因為、這樣、很危險、另外、也是因為、因為……」

顫抖的指尖上浮現出花樣。那是原本就屬於這個森林的，魔法的刻印。現在正微微地顫抖著。

庫羅狄亞斯說：

「因為我、不想讓妳、見到那位王。」

「咦？」

聽到令人意想不到的話，艾爾莎還來不及思考便反問了。庫羅狄亞斯從極近的距離盯著艾爾莎，以沙啞的聲音說：

「這個森林的王，很俊美。夜之王……如果碰見妳……」

他以浮現出花紋的指尖，輕輕地撫摸艾爾莎的臉頰。那是屬於他，唯有他擁有的指尖。

「如果他奪走了妳的心，我一定，沒辦法把妳搶回來。」

我討厭那樣，庫羅狄亞斯像是孩子般地說。曾經，他是可以給予艾爾莎未來所有選項的列德亞克的王子。

最後的最後，說出的是與自由相反的話語。

「……不要離開我。」

就這樣靠著艾爾莎，如崩落般彎下膝蓋，艾爾莎也一樣，兩人一起跌坐在夜之森堅硬的地面上。

不知何時開始，在夜之森中可以聽見樹木的騷動聲，以及什麼東西的氣息聲如波浪聲般襲來。

「請不要去其他地方，拜託——」

庫羅狄亞斯懇求著。

不要丟下我離開。

這樣的心願、這樣的想法……誰可以說不是戀愛呢？艾爾莎輕輕地用手指觸摸他的背，令人安心地，撫摸著那顫抖的後背。她說：

「狄亞，也有害怕的東西呢。」

就連移動四肢的自由被奪走都不害怕。他相信艾爾莎不會因此而丟下他，正因為是如此相信。

「我害怕很多東西。尤其最害怕自己的愚蠢。」

庫羅狄亞斯對自己的軟弱與渺小太有自覺了，正因為如此，才會選擇與其對抗地生存下去。

至今皆是如此，從此往後也一樣。

艾爾莎撫摸著他的背，抬起臉，瞇細了眼睛說：

「沒有信守諾言這件事，我要道歉。」

接著，啪一聲，用兩隻手夾住自己的臉。

燃燒般的赤色雙瞳，緊緊地盯著庫羅狄亞斯，說：

「但是，請不要小看我的心。」

自己的生存方式，我可是確確實實地決定好了。

「……即使如此，我也要成為你的妻子。」

她想起真昼姬的話。說不定，真的，我們非常相似。這是無需雄辯就能確定的事。

心很軟弱，充滿不安。

但是，為對方著想的心情……絕非虛言。也不需懷疑。所以，兩個人在一起這件事，是有意義也有價值的。

就這樣，不約而同地，兩人的雙唇慢慢地貼合。

那實在是太過於相同的形狀、相同的熱度。

終於理解到，這樣就好了。

浮現在夜之森中的細細彎月，照亮了一切。

就像是不知何時開始的，某人的恬淡初戀所送來的禮物。

END

後記——戀愛吧少年少女們——

我想要寫個男女邂逅的故事。

這就是故事的原點。我想寫少年與少女邂逅，並且從此開始的故事，這就是一切。原點就是這樣，而尚未到達的終點想必也是這樣吧，我想。

《毒吐姬與星之石》，就是我的原點的故事。

在寫的時候，我還沒有覺得自己是「輕小說作家」（當然現在也是如此），原本想要開朗可愛地結束故事，並且就以這樣的形式愛著這部作品；但在結尾的部分，卻因為我的能力不足而沒能將想說的事情傳達清楚，長久以來都讓我心裡一直牽掛著。

簡單地來說，就是關於兩人的戀情。

關於愛的故事我很拿手，但關於戀情卻並非如此，雖然在新寫好的後日談中有特別努力地寫；但是不拿手的事情就是無法變得拿手，最後還是沒有寫得很好……

故事中的少年與少女，以及除此之外的所有角色，我都給予了祝福，如果讀者們也都這樣想就是我的幸福了。

在前作《角鴞與夜之王　完全版》的後記中無法盡情表達的是——這次的完全版能夠出版，真的借助了許多人的力量。在所有業務上盡心盡力的各位、無數的推薦話語，以及對我十五週年的所有祝福、鼓勵和喜悅，真的是感謝不完。

尤其是，ＭＯＮ畫了帶來新氣象的封面。非常感謝您那美妙的繪筆，以及遠遠超過我期待的插畫。

同時，之前為電擊文庫版繪製插畫的磯野宏夫先生，您的畫讓我成為作家，我很幸福。真的非常感謝。

十五週年的連續發行，將以下個月發行的《十五秒的旋轉》迎來終點*註2。

若讀者們能為了下一個十五年，而購買閱讀的話，就是我的幸福。

紅玉いづき

註2　此為日本出版情況。

國家圖書館出版品預行編目資料

毒吐姬與星之石 (完全版) / 紅玉いづき作 ;
黃真芳 , 米宇譯 . -- 初版 . -- 臺北市 :
台灣角川股份有限公司 , 2024.05
面 ; 公分
譯自 : 毒吐姫と星の石 完全版
ISBN 978-626-378-996-8(平裝)

861.57 113003467

輕文學
Light Literature

毒吐姬與星之石　完全版

原著名＊毒吐姫と星の石 完全版

作　　者＊紅玉いづき
譯　　者＊黃真芳、米宇

2024年5月27日　初版第1刷發行

發 行 人＊台灣角川股份有限公司
總　　監＊呂慧君
總 編 輯＊蔡佩芬
主　　編＊李維莉
美術設計＊邱靖婷
印　　務＊李明修（主任）、張加恩（主任）、張凱棋、潘尚琪

台灣角川

發 行 所＊台灣角川股份有限公司
地　　址＊104台北市中山區松江路223號3樓
電　　話＊（02）2515-3000
傳　　真＊（02）2515-0033
網　　址＊http://www.kadokawa.com.tw
劃撥帳戶＊台灣角川股份有限公司
劃撥帳號＊19487412
法律顧問＊有澤法律事務所
製　　版＊尚騰製版印刷有限公司
I S B N＊978-626-378-996-8